ERIC ROHMER

Elisabeth

Das Buch

1939: In den letzten Wochen vor Kriegsausbruch genießen die Freunde Claire, Bernard, Michel, Irene und Elisabeth ausgelassen den heißen Sommer und ahnen nicht, dass es der vorerst letzte unbeschwerte sein wird. Die fröhliche Gesellschaft, Müßiggänger der oberen Zehntausend, badet und flirtet vor den Toren von Paris. Michel und Irene wollen heiraten, doch der junge Mann kann sich nicht endgültig zu dieser Beziehung bekennen. Er trennt sich vorübergehend von Irene und gerät in die gefährliche Nähe einer anderen Frau.

Eric Rohmer erzählt hintergründig und poetisch, präzise und leicht. Ein scharfzüngig inszeniertes Spiel der Geschlechter um erfüllte und unerfüllte Sehnsüchte vor sommerlich erhitzter Kulisse. Funkelnd vor geistreichen, intelligenten und klugen Dialogen nimmt der Roman das vorweg, was Rohmers Filme später auszeichnen wird.

Der Autor

Als Jean-Marie Maurice Scherer 1920 in Nancy, Frankreich, geboren, drehte der Regisseur und Essayist unter dem Namen Eric Rohmer 1959 seinen ersten Spielfilm. Zu seinem Œuvre zählen Kultfilme wie »Meine Nacht mit Maude« (1969), »Pauline am Strand« (1982) und »Das grüne Leuchten« (1985), die ihm unter anderem eine Oscar-Nominierung einbrachten. Zusammen mit Truffaut, Godard, Rivette und Chabrol gehört er zu den Mitbegründern der einflussreichen Filmzeitschrift »Cahiers du cinéma«, seine Bücher über Hitchcock und Chaplin sind Klassiker der Filmkritik.

ERIC
ROHMER

Elisabeth

Roman

Übersetzung aus dem Französischen
und Nachwort von Marcus Seibert

Diana Verlag

FSC
Mix
Produktgruppe aus vorbildlich bewirtschafteten Wäldern und anderen kontrollierten Herkünften
Zert.-Nr. SGS-COC-1940
www.fsc.org
© 1996 Forest Stewardship Council

Verlagsgruppe Random House
FSC-DEU-0100
Das FSC-zertifizierte Papier *München Super*
für Taschenbücher aus dem Diana Verlag
liefert Mochenwangen Papier.

Taschenbucherstausgabe 10/2005
Lizenzausgabe mit freundlicher Genehmigung des Rogner & Bernhard
Verlages, Hamburg.

Printed in Germany 2005
Umschlagillustration: photonica/Photolibrary.com
Umschlaggestaltung: Hauptmann & Kompanie Werbeagentur,
München-Zürich
Satz: hanseatenSatz-bremen, Bremen
Druck und Bindung: GGP Media GmbH, Pößneck
ISBN: 3-453-35098-7

http://www.heyne.de

Inhalt

Erster Teil

Erstes Kapitel

Später Nachmittag

1 Er drehte sich hastig um, wie ein Kind, das bei etwas Verbotenem ertappt wird. Elisabeth lachte: »Habe ich Sie erschreckt? Sie waren wohl so beschäftigt, dass Sie mich nicht kommen gehört haben.«

Er stellte die Ölkanne auf die Erde und richtete sich auf. Er hatte sein Jackett abgelegt und ein weißes, ölverschmiertes Hemd übergestreift.

»Wie können Sie nur mit diesem Lumpen herumlaufen? Sie hätten mich nur bitten müssen, Ihnen ein Hemd zu geben. Ich frage mich wirklich, warum das hier seit drei Monaten in der Garage liegt. Sie haben immer Angst, mich um etwas zu bitten. Das ist nicht gut, Michel«, sagte sie lachend.

»War nur eine Kleinigkeit«, erwiderte Michel und zog das Hemd aus, »ich bin schon fertig.«

Sie streckte ihre Hand aus. »Wenn Sie fertig sind, dann geben Sie es mir gleich. So bin ich sicher, dass Sie's nicht noch mal anziehen.«

Sie nahm das Hemd und legte es neben sich auf einen weißen, mit Werkzeugen überhäuften Holztisch.

»Ich möchte Sie nicht länger stören, aber eigentlich wollte ich Sie fragen, ob Sie etwas für mich in Percy abgeben können. Es liegt fast auf Ihrem Weg … Aber vielleicht fahren Sie ja gar nicht.«

»Doch, doch. Ich fahre zu Irene.«

»Das trifft sich gut.«

Sie lächelte.

»Dann dürfte es Ihnen keine Umstände machen, in der Rue Lambertin vorbeizufahren. Wollen Sie das für mich tun?«

»Natürlich«, sagte Michel, »das ist absolut kein Umweg für mich.«

»Wenn Sie so nett wären, diesen Brief meines Mannes im Haus Nummer vier abzugeben. Die Adresse steht vorne drauf. Es ist sehr dringend.«

»Natürlich«, sagte er, nahm den Brief und legte ihn auf das Armaturenbrett. Er trug eine hellgraue Stoffhose und ein kurzärmeliges Hemd aus blauer Kunstseide, das in unregelmäßigen Falten über den Gürtel fiel. Es war ihm offensichtlich zu groß.

»Eigentlich wollte ich Bernard bitten, aber eben erst bemerkte ich, dass er nicht mehr da ist. Wir haben gar nicht mitbekommen, dass er das Haus verlassen hat.«

»Ich glaube, er ist vor einer Viertelstunde gefahren«, sagte Michel.

»Habe ich mir doch gedacht. Wir lassen ihm einfach viel zu viel durchgehen. Selbst das Auto benutzt inzwischen nur noch er. Wir sind so froh, dass er jetzt studieren wird. So ist das hier bei uns: Wenn etwas gut geht, sind wir nicht mehr zu halten.«

Michel sah sie an, ohne etwas zu erwidern.

»Sie waren in seinem Alter sicher ganz anders als er«, fuhr sie fort.

Er machte eine abwehrende Handbewegung.

»Doch, doch, davon bin ich überzeugt. Schon immer so bescheiden.«

»Ich hatte kein Auto«, sagte er lächelnd.

»Stimmt, Sie hatten kein Auto. Das ist natürlich wahr.« Sie lächelte ebenfalls. »Ich hoffe nur, dass er daran denkt, Claire abzuholen. Wollten die beiden nicht schwimmen gehen?«

»Ja. Ich glaube, sie wollten runter zum Fluss«, sagte Michel. »Bernard hat mich gefragt, ob ich mitkomme.«

Sie schwiegen eine Weile. Elisabeth nahm das Hemd und betrachtete Michel, der mit gesenktem Blick vor dem Auto stand.

»Ja, ja«, setzte sie das Gespräch fort, »ich lasse ihm viel zu viel durchgehen.«

Er hob den Kopf. Sie lächelte ihn an.

»Ich langweile Sie bestimmt. Ich will Sie auch nicht länger aufhalten.« Sie gab ihm die Hand.

»Bis heute Abend also.«

Von der Terrasse aus sah man ein Stück der Garageneinfahrt und den blauen Farbtupfer von Michels Hemd. Er ließ die Motorhaube zufallen und verschwand mit der Ölkanne in der Garage. Kurz darauf erschien er wieder, stieg ins Auto und startete den Motor. Als er an Elisabeth vorbeifuhr, winkte er mit dem Brief.

»Ich denke dran«, rief er.

Sie verließ die Balustrade und setzte sich in einen Korbsessel im kurzen Schatten der Hauswand. Vor ihr schimmerte das blasse Grün des ausgedörrten Rasens. Die weiße Brüstung der Terrasse leuchtete so grell, dass sie den Blick senken musste. Einen Moment saß sie regungslos da, dann stand sie auf und zog den eisernen Gartentisch, der mitten auf der Terrasse in der prallen Sonne stehen geblieben war, zu sich heran. Sie kehrte zur Balustrade zurück, sah noch einmal kurz zur Garage hinüber und verließ die Terrasse. Eine Art Galerie führte auf gleicher Ebene um das Haus herum, bog schließlich zum Vordereingang ab und mündete vor der Haustür in eine Freitreppe. Elisabeth betrat das Haus, nahm Buch und Tasche, die im Vestibül auf einem Stuhl lagen, und ging damit in den Garten zurück.

2

»Ich wusste doch, es ist alles in Ordnung«, sagte Michel. »Für diese Geräte braucht man Geduld und sonst nichts. Ich glaube, es funktioniert jetzt wieder einigermaßen.«

»War nichts kaputt?«, fragte Irene.

»Nein, nichts.«

Irene stützte sich auf die Ellenbogen. Er saß auf einem Stuhl hinter dem Tisch. Sie sah nur seine glänzende, braun gebrannte Stirn mit den schwarzen, ungekämmten Haaren. Sie ließ sich zurück aufs Bett fallen.

Er schlug kurz auf das Gerät. Es knackte, dann ertönte Musik.

»Erst habe ich gedacht, ein Kondensator ist defekt. Das kommt oft vor, meist wegen Staub. Ein Wackelkontakt kann aber tausend Gründe haben. Eigentlich bräuchte man einen Pinsel.«

»Habe ich sicher irgendwo«, sagte Irene.

»Nein, ist schon gut. Ich meine nur: Man müsste jedes Radio von Zeit zu Zeit mit dem Pinsel innen sauber machen. Vielleicht hat es aber auch an etwas anderem gelegen. Auf jeden Fall geht's jetzt wieder. Wie lange, wird sich zeigen …«

»Ja. Und deshalb musst du auch deine Zeit nicht weiter mit dem Gerät verschwenden! Ich frage mich, wieso ich es überhaupt erwähnt habe.«

»Ja, vor allem heute. Aber zugegeben, es ist mein Fehler. Bist du mir deshalb böse?«

»Wie kommst du denn darauf?« Sie lachte. »Manchmal hast du komische Einfälle und ...«

»Und was?«

»Und ich auch. Wenn du so willst: Manchmal haben wir beide komische Einfälle. Aber das macht nichts, mir gefällt das.«

»Wir sind schon ganz schön komisch«, sagte er lachend und warf einen Blick Richtung Bett, aber sie hatte sich ausgestreckt, sodass er ihr Gesicht nicht sehen konnte.

»Ich meine ...«, sagte sie nach einer Weile. »Ich mag die Art, wie du ... Zum Beispiel hast du so eine Art, dich gleich in alles zu vertiefen.«

Sie richtete sich wieder auf und setzte sich auf die Bettkante. Sie lachte.

»Was hast du gesagt?«, fragte er, ohne den Kopf zu heben. »Moment. Ich mach mal eben das Radio aus. Ich versteh dich nicht.«

Die Musik verstummte.

»Ich meinte, dass du Recht hast zu tun, was du tust. Ich habe nur gelacht, weil es mir gerade jetzt wieder auffällt. Ich hatte es zwischendurch völlig vergessen. Daran hab' ich nicht gedacht, wenn ich an dich gedacht habe.«

Er musste grinsen. »Du hast nur an meine guten Seiten gedacht. Das ist doch perfekt.«

»Genau«, sagte sie, »und du?«

»Ich? … Warte, ich antworte dir sofort. Eine Sekunde! Nein, steh nicht auf!«

Er drehte das Radio wieder an.

»Hörst du, wie klar der Klang der Musik ist? Da war nichts.«

Er stand auf und setzte sich neben sie.

»Aha. Daran hast du nicht gedacht«, sagte er und nahm ihr Gesicht in seine Hände.

»Daran hast du nicht gedacht.«

Die Musik hatte aufgehört und war von einer Männerstimme abgelöst worden, die auf Deutsch etwas zu erklären schien.

»Warte mal«, sagte sie und löste sich aus seinem Griff. »Mach zuerst das Radio aus. Ich mag das nicht, wenn ich kein Wort verstehe.«

»Ich habe gar nicht hingehört.«

Er stand auf und schaltete das Radio ab. Irene rutschte Richtung Tisch zur Bettkante.

»Setz dich doch«, sagte sie.

»Bist du müde?«, fragte Michel.

»Und wie! Ich wollte mich bloß mal ausstrecken und bin gleich eingeschlafen.«

Er ging zu ihr und küsste sie auf die Stirn, ohne sie zu berühren.

»Wenn ich schon hier bin, sollte ich die Gelegenheit nutzen und mir die Hände waschen. Die sind ekelhaft dreckig.«

Sie lachte.

»Das ist doch egal. Du hast immer noch nicht geantwortet.«

Aber er war schon im Bad und hatte den Wasserhahn aufgedreht.

»Sollen wir gleich runter in den Garten?«, rief er.

»Wenn du willst. Gefällt's dir hier oben nicht?«

»Das ist vielleicht eine Frage!« Er lachte auf.

»Ich würde gern in den Garten gehen«, sagte er, als er zurückkam. Er schloss die Tür des Badezimmers und setzte sich neben sie, auf die Ecke des Bettes.

»Weißt du«, sagte er, ohne sie anzusehen, »wenn ich an dich gedacht habe, dann habe ich an den Garten gedacht. Ich liebe diesen Garten, weißt du? … Was ist denn? Ich kann doch nichts dafür. Nimmst du mir das jetzt übel?«

»Wo denkst du hin? Ich weiß, das geht vielen so: Man erinnert sich besser an Dinge als an Menschen. So ist das eben …«

Sie war sichtlich enttäuscht, versuchte aber zu lächeln, als sie ihn ansah. Er umschlang ihren Hals.

»Du hast es geglaubt! Du hast es geglaubt!« Er lachte schallend. »Wenn ich an dich gedacht habe, habe ich an dich gedacht. Das weißt du doch! Hast du das mit dem Garten wirklich geglaubt?«

Er drückte sie aufs Bett und ließ sich auf sie fallen. Sie versuchte, sich zu befreien. »Siehst du. Ich glaube dir immer. Selbst wenn du etwas Schlechtes über dich sagst. Wir sollten jetzt runtergehen«, wechselte sie übergangslos das Thema. »Los, beweg dich ein bisschen. Du erdrückst mich! Ist das heiß hier.«

Sie erhoben sich gemeinsam. Sie stellte sich auf die Zehenspitzen vor ihn und strich ihm die Haare glatt. Für einen Moment standen sie voreinander und sahen sich an. Irene lächelte zuerst.

»Ich mag das nicht, wenn deine Haare so verstrubbelt sind. Aber so ist es auch nicht besser. Hol mal meinen Kamm. Er ist in der Tasche.«

»Ich habe selbst einen«, sagte er und zog seinen Kamm aus der Innentasche des Jacketts. »Also bleiben wir im Garten. Dann gehen wir heute nicht mehr weg?«

»Wohin willst du denn?«

»Keine Ahnung. Schwimmen zum Beispiel. Es ist derart heiß. Keine Lust?«

»Und du?«

»Nein. Ich dachte an dich. Du hast doch gesagt, dass du dich ein wenig … schlaff fühlst.« Er grinste.

»Und du glaubst, das könnte mich wieder entschlaffen? Sehr charmant!«

»Du hast ja Recht. Wir machen heute nur noch, was uns Spaß macht. Es war nur wegen …«

»… den Robys?«

»Wegen Bernard. Er hat mich heute früh gefragt, ob ich mitkomme. Aber du hast Recht, das ist nicht wichtig.«

»Hast du ihm abgesagt?«

»Ich glaube schon.«

Sie lachte.

»Du wirst doch wohl wissen, was du ihm gesagt hast?«

»Ich habe ihm gesagt, dass ich wahrscheinlich nicht mitkomme. Aber ich weiß nicht, ob er jetzt denkt, dass ich mich noch nicht entschieden habe oder dass ich nur aus Höflichkeit nicht sofort abgesagt habe.«

»Und?«

»Nichts und. Kann gut sein, dass er hier vorbeikommt, um uns abzuholen. Aber wir können immer noch absagen. Oder zusagen. Da fällt mir ein: Ich muss dir noch was erzählen – jetzt, wo das geklärt ist. Es geht heute den ganzen Morgen um Bernard. Ich habe dir, glaube ich, erzählt, dass die Robys, zumindest Bernard und Claire, nach Dieppe fahren wollen. Der Doktor und Frau Roby bleiben hier, aber es fährt noch jemand mit dem Auto hin. Und zwar Herr Naulet mit seinen Kindern. Verstehst du, was ich meine? Ich hatte das Gefühl, Bernard legt Wert auf unsere Gesellschaft. Schwer zu sagen, warum. Irgendwas steckt dahinter. Eigentlich kann uns das natürlich egal sein. Oder würdest du gern mitfahren?«

»Oh nein, überhaupt nicht«, sagte Irene, »was sollen wir unter all den Kindern.«

»Ich dachte nur. Vielleicht hast du ja Lust, Percy für eine Weile zu verlassen? Für mich ist das was anderes. Aber du? Vielleicht willst du ja mal … Kann doch sein, dass du dich hier langweilst.«

»Wie kannst du so etwas sagen, Michel! Du redest manchmal. Und wenn's nur das wäre! Kein Mensch weiß, was du eigentlich denkst. Dabei weißt du genau, dass ich mit allem einverstanden bin, was du gerne machst, nur … Siehst du. Du bringst mich noch dazu, dummes Zeug zu sagen.« Sie legte ihre Hand auf seine Schulter und küsste ihn.

»Was hast du denn?«, wandte er ein. »Letztes Jahr war unser Ausflug doch sehr schön. Wir haben es jedenfalls nicht bereut. Natürlich ist die Situation dieses Jahr anders. Aber das ist doch kein Argument. Hier können wir uns nach wie vor nicht frei bewegen, selbst jetzt noch nicht. Im Grunde genommen ist alles beim Alten geblieben: Solange wir nicht offiziell verheiratet sind, ändert sich nichts.«

»Ja, das stimmt«, sagte Irene. Sie ließ ihre Hand fallen. »Aber du musst zugeben, dass du die Dinge manchmal komplizierter machst, als sie sind. Aber gut: Wir haben ja noch Zeit, über die Sache nachzudenken. Wann wollen sie fahren?«

»Samstag.«

»Heute haben wir Mittwoch.«

»Wir könnten drei, vier Tage dableiben. Ich wäre danach noch ein, zwei Tage hier.«

»Eben«, sagte sie. »Klingt nicht sehr verlockend. Lass uns das später entscheiden. Gehen wir runter?«

»Na gut«, sagte Michel. »Behältst du dein blaues Kleid an?«

»Wieso? Gefällt es dir nicht?«

»Ich kann nicht behaupten, dass es mir gefällt, aber das wollte ich gar nicht sagen. Du meintest vorhin, dir sei zu heiß.«

»Heiß? Im Garten ist es doch nicht heiß. Und außerdem ist das Kleid nicht wärmer als irgendein anderes. Aber ich zieh mich um, wenn du möchtest. Bitte, kein Problem.«

Er rieb den Kleiderstoff zwischen den Fingern, ließ ihn aber gleich wieder los.

»Nein, schon gut. Ist wirklich komisch – das hat jetzt nichts mit deinem Kleid zu tun. Ich dachte gerade daran, als es um Bernard ging: Ich bin jetzt schon drei Tage hier, und wir haben noch überhaupt nichts unternommen.«

»Was wolltest du denn unternehmen?«

»Nichts Spezielles.« Er lachte. »Eben deshalb dachte ich ja an diese Reise. Ist doch keine schlechte Idee, oder?«

»Erst dann hättest du den Eindruck, etwas zu unternehmen?«

»Nein, aber … Es stimmt schon. In gewisser Hinsicht ist es hier zwar sehr schön, aber bisher haben wir jedes Mal etwas zusammen unternommen. Wenn ich abgereist bin, hatte ich immer etwas, woran ich mich besonders erinnern konnte. Das hat mir gefallen. Diesmal habe ich den Eindruck, dass alles miteinander verschmilzt. Das liegt vielleicht an der Hitze. Ich fand es immer schon furchtbar, wenn es so heiß ist.«

»Was soll's«, sagte Irene. »Bald musst du nicht mehr weg, zumindest fast nicht mehr.«

»Ja, stimmt: fast nie mehr«, sagte er. »Du hast Recht.«

Er zog sie an sich, ohne sie zu küssen. Durch ihre Haare hindurch spürte sie, wie sich seine Wange beim Sprechen bewegte.

»Immerhin noch drei Monate! An manchen Abenden in der Woche kann ich vorbeikommen, so weit ist es ja nicht. Und Tellier wollte mich nach Portugal schicken!«

»Nach Portugal?«

»Ja. Nach Portugal. Ich habe dir doch erzählt, dass unsere Firma dort Quecksilber abbaut. Am Samstagmorgen kam er damit an, kurz bevor ich gefahren bin.«

»Und du sollst dahin?«

»Ja. Aber nicht für lange. Ein dreimonatiges Praktikum – eine seiner typischen Ideen. Er meint, ich könnte auch ein oder zwei Jahre dort bleiben. Allerdings müsste ich sofort nach Portugal fahren, und es ist ja klar, dass wir nicht zusammen dahin können. Außerdem habe ich auch keine Lust.«

»Und wie sieht er das?«

»Na ja. Er wollte unbedingt, dass ich hingehe. Er findet niemanden.«

Michel ließ sie los und lehnte sich mit dem Rücken an die Wand. Er fuhr sich mit der Hand durchs Haar. »Das ist einer …!«

»Hast du ihm von mir erzählt?«

Er lächelte.

»Ja. Ich musste ihm das ja irgendwann mal sagen. Hat ihn nicht groß beeindruckt: ›Drei Monate? Das ist doch genau die richtige Wartezeit‹, hat er gemeint.«

»Das hat er gesagt?«

»Wenn man ihn kennt, überrascht das nicht weiter. ›Ihr wollt in drei Monaten heiraten? Dann ist das doch genau das Richtige für euch.‹ Das ist einer, sag ich dir.«

»Na ja«, sagte Irene, »eigentlich geht es ihn ja nichts an … Aber andererseits …«

»Andererseits was?«

»Du musst dich mit ihm ja nicht streiten. Wenn es nun mal nicht anders geht, kann man eben nichts machen. Drei Monate mehr oder weniger …«

Er sah sie an.

»Meinst du das im Ernst?«

»Ja. Wir müssen ja deshalb nicht …«

Er fasste sie um die Taille und drückte sie aufs Bett.

»Es gibt Augenblicke, da könnte ich dich … umbringen.«

Er kniete über ihr.

»Umbringen«, wiederholte er lachend.

Sie brachte ihn dazu, sich wieder hinzusetzen, und küsste ihn.

»Komm mal einen Augenblick ans Fenster«, sagte er.

»Sollen wir nicht langsam runtergehen?«

»Schon, aber nicht jetzt. Ich habe noch keine Lust. Ich quäl dich lieber noch ein wenig.«

»Bitte. Tu dir keinen Zwang an. Quäl mich, wie du magst.«

Durch den schmalen Raum zwischen Tisch und Schrankspiegel ließ er sie an sich vorbeigehen. Irene zog die orangefarbenen Stoffrouleaus halb nach oben. Sie lehnten sich auf die schmale eiserne Querstange vor dem Fenster und sahen auf den Gartenweg hinunter, der schon im Schatten des Hauses lag. Die betonierten Treppenstufen, die zur hinteren Terrasse führten, leuchteten im Sonnenlicht. Es tat weh, hinzusehen.

»Da unten werden wir gebraten«, sagte Irene.

»Nicht mehr als hier. Schlimmer geht's nicht. Aber du

hast Recht«, sagte er, indem er sich aufrichtete, »wir hätten früher runtergehen sollen.«

Sie ließ das Rouleau wieder herunter, schloss das Fenster und eilte hinter ihm die Treppe hinunter.

3

Sie sahen Claire und Schwarz hinterher, die durchs hohe Gras davongingen. Claire schob den Träger ihres Badeanzugs hoch, der von der Schulter gerutscht war, drehte sich zu Schwarz um und sagte etwas, über das sie selbst lachen musste. Schwarz hob den Arm, als wolle er auf einen Punkt vor ihnen hinweisen, und beschrieb mit der Hand einen Kreis über ihren Kopf hinweg.

»Jetzt mach schon«, sagte Bernard.

»Nur mit der Ruhe«, sagte Moulet.

»Beeil dich. Wir gehen flussaufwärts.«

»Ich folge dir einfach. Auf welcher Seite gehen wir?«

»Erst müssen wir noch mal hoch zum Auto, Claires Tasche wegbringen«, sagte Bernard. »Dann kann ich auch meine Mütze holen.«

»Deine was? Die blaue? Kannst du mir die leihen? Die steht dir doch sowieso nicht. Deine Haare sind viel zu kurz.«

»Meinetwegen«, sagte Bernard. »Hast wohl vor, wen anzubaggern, was?«

Er gab Moulet einen Klaps auf den Rücken.

»He, du Idiot«, maulte Moulet.

Bernard fasste Moulet am Ärmel und zog ihn weiter.

»Beeil dich. Ich warte oben auf dich.«

Bernard rannte zum Auto und warf die Tasche durch das offene Fenster.

»Die Mütze ist hinten. Ich komm nicht dran«, rief er.

Moulet schlenderte heran. »Dann eben nicht. Du musst jetzt nicht …«

»Oh, doch«, sagte Bernard. Er streckte seine Hand durchs Fenster, nahm den Autoschlüssel aus Claires Tasche und öffnete die hintere Wagentür.

»Also. Wenn du sie haben willst.«

Moulet nahm die Mütze.

»Steht die mir überhaupt?«

»Hm. Ich will ja nichts sagen … Aber na ja. Du siehst nicht ganz so bescheuert aus wie sonst. Das ist doch schon mal was.«

»Du bist wirklich ein Idiot«, sagte Moulet.

Bernard schlug die Tür zu, verstaute den Schlüssel und legte die Tasche ins Auto zurück.

»Gehen wir?«

»Yes, Sir. Über die Brücke?«

»Nicht nötig. Wir können hier am Ufer bleiben und den Fluss weiter oben überqueren.«

Sie kletterten wieder die Uferböschung hinab, an dünnen Pappeln und Weiden vorbei.

»Nun sieh dir das an«, sagte Moulet.

Sie sahen gerade noch, wie Claire und Schwarz unter der Brücke verschwanden. Claires blonde Haare tauchten in den Schatten ein, dann kamen sie, von der Sonne angestrahlt, auf der anderen Seite der Brücke wieder zum Vorschein und verschwanden schließlich ganz hinter den Blättern der Ufervegetation.

»Geht ja ganz schön ran, dein Cousinchen«, sagte Moulet.

»Was?«, fragte Bernard.

»Ich sagte, sieht ziemlich vertraulich aus, zwischen ihr und Schwarzie.«

»Sieh ihn dir doch an! Und erzähl keinen Blödsinn.«

»Der ist vielleicht ein Idiot. Aber nicht schlimmer als andere.«

»Sieh ihn dir doch an«, wiederholte Bernard.

»Eifersüchtig?«

»Quatsch.«

Moulet warf Bernard einen Blick zu. »Nicht zu verachten, deine Cousine. Gute Figur …«

»Na ja. Geht so.«

»Aber es sieht komisch aus, wie sie so auf den Zehenspitzen trippelt und dabei die Arme abspreizt.«

»Das macht sie nur, weil das Gras so hoch ist. Du hast einfach keine Ahnung.«

»Ich sag ja nicht, dass das schlecht aussieht, nur irgendwie komisch.«

»Und?«, erwiderte Bernard.

»Nichts und.« Moulet sah ihn an. »Machst du Witze? Stört dich das, wenn ich über sie rede?«

»Du bist wirklich bescheuert«, sagte Bernard. »Warum sollte mich das deiner Meinung nach stören?«

»Hehe! Wenn ich an deiner Stelle wäre, mein lieber Roby …«

»Was dann?«

»Hast du nie daran gedacht?«

»Nein. Nicht an das, was du meinst.«

»Ach, ich vergaß. Ist ja deine Cousine.«

»Red doch keinen Quatsch«, sagte Bernard, »ich sehe sie doch bloß alle paar Jahre. Und ob Cousine oder nicht: Sie ist einfach nicht mein Typ.«

»Wie auch immer«, sagte Moulet. »Sieht jedenfalls so aus, als wär sie ganz schön in Schwarz verknallt.«

»Du bist wirklich ein unglaublicher Idiot«, sagte Bernard. »So was Bescheuertes. Und eins ist ja wohl sonnenklar: Du kennst Claire absolut nicht.«

»Ich habe doch bloß gesagt, sieht ziemlich vertraulich aus, wie die beiden miteinander umgehen, mehr nicht«, sagte Moulet.

»Ich sag ja: Du kennst sie nicht«, setzte Bernard nach. »Wenn du wüsstest, wie egal ihr der Kerl ist. So'n Typ wie der. Meine Güte!«

»Hehe! Du bist ja verdammt gut informiert. Also doch eifersüchtig?«

»Idiot«, sagte Bernard.

Die Wiese ging in einen schmalen Pfad über, der einige Meter an dichtem Gestrüpp entlanglief. Sie kamen nur mühsam voran, weil sie über glühend heiße, spitze Flusssteine balancieren mussten.

»Was für ein Scheißweg«, rief Moulet. »Da kann man ja gleich durchs Wasser gehen. Nur wegen dieser …«

»Vorsicht!«, sagte Bernard.

»Was, wie bitte!?«, sagte Moulet.

Als sie die nächste Wiese erreichten, die schmaler war, aber dafür saftig grün, lachte Moulet laut auf. »Also weißt du: An deiner Stelle würde ich's bei der mal versuchen.«

»Das lässt dir keine Ruhe, was? Na, dann schnapp du sie dir doch! Was zögerst du noch? Los, ran!«

»Wieso ich?«

»Wer denn sonst? Los. Mach schon. Renn den beiden hinterher. Ich halte dich ganz sicher nicht davon ab. Vielleicht glaubst du mir dann endlich. Worauf wartest du?«

»Du Idiot«, sagte Moulet.

Er griff nach Bernards Arm.

»He. Sieh dir das mal an! Da hinter den Bäumen. Die Rote und die Blaue, da vorne.«

»Die da?«, fragte Bernard.

»Kennst du die?«

»Vielleicht. Kann ich nicht erkennen. Sind die was?«

»Nicht schlecht, nicht schlecht. Ziemlicher Durchschnitt, aber …« Moulet machte eine eindeutige Geste.

»Meinst du, die sind von hier?«

»Und ob! So was nenn' ich richtige Provinzschnallen! Bei denen, da schnall ich einfach ab, gibt nichts Grässlicheres. So'n Scheiß! Aber wir haben wohl keine Wahl!«

»Und was machen die so den ganzen Tag?«

»Keine Ahnung. Gehen jeden Samstag mit irgendwelchen kleinen Angestellten aus, alles schön geregelt. Den Rest der Zeit langweilen sie sich zu Tode. Arme Mädels!«

Er hielt die Hände an den Mund und ahmte den Ruf eines Käuzchens nach. Dann rief er: »Amüsiert ihr euch? – Sieh mal, sie springen drauf an.«

»Was ist?«, rief die Rote übers Wasser.

Der Wind wehte von der Seite, und man verstand nur sehr schlecht, was sie sagte, obwohl der Fluss an dieser Stelle nicht breit war.

»Ich habe gefragt, ob ihr euch amüsiert«, wiederholte Moulet.

»Geht so. Seid ihr schon im Wasser gewesen?«

»Noch nicht. Aber wir gehen gleich. Und ihr?«

»Wir waren schon«, sagte die Blaue.

»Und? Geht ihr noch mal?«

»Nicht mit euch!«

Moulet drehte sich zu Bernard um. »Was hat sie gesagt?«

»›Nicht mit euch.‹ Tja, mein Lieber, die wollen dich nicht«, sagte Bernard.

»Schwimmen wir rüber?«, fragte Moulet.

»Nicht hier. Da brechen wir uns alle Knochen. Der Fluss ist hier voller Steine. Lass es uns weiter oben versuchen. Ich kenne da eine Stelle.«

»Ihr geht schon wieder?«, rief eins der Mädchen.

»Nein«, sagte Bernard, »wir versuchen, weiter oben rüberzukommen.«

»Wie findest du sie?«, fragte Moulet.

»Die Blaue ist nicht hässlich. Aber sag mal, was macht die da auf der Erde?«

»Was macht deine Freundin da?«, schrie Moulet.

»Ich such den Boden ab«, rief die Blaue.

Bernard sah Moulet an. »Was sagt sie da? Den Boden mit b oder mit h? Für einen Moment habe ich gedacht …«

»Du bist ein Idiot.« Moulet musste lachen.

»Was?«, rief das Mädchen.

»Ich kann nicht sprechen. Der bringt mich dauernd zum Lachen.«

»Wer, er?«

»Der hier natürlich. Roby, Vorname Bernard, wenn euch das lieber ist. Habt ihr was verloren?«

»Hast du was gefunden?«

»Nein. Aber ich kann mir ziemlich genau denken, was ihr vor nicht allzu langer Zeit verloren habt.«

»Was meinst du damit?«, rief die Rote.

»Ach, das kann ich so in aller Öffentlichkeit nicht sagen. Außerdem ist so was beim besten Willen nicht wiederzufinden.«

»Wie bitte?«

»Mann, sind die schwer von Begriff«, sagte Bernard. »Ich wette, die hat's nicht kapiert. Die lachen, ohne zu wissen, worüber.«

»Das wundert mich nicht«, erwiderte Moulet. »Ich sag's ja: Provinzschnallen!«

Er lachte laut auf.

»Wir gehen da hinten rüber. Ja, noch etwas weiter. Da kann man sogar reinspringen.«

»Ich stelle euch meinen Freund vor, Bernard Roby, der Ranschmeißer. Mademoiselle Jacqueline …«

»Nennt mich einfach Jacqueline, ohne Mademoiselle«, unterbrach sie.

»Und Mademoiselle Colette.«

»Colette?«

»Moment. Ich glaube, ich hab sie gefunden. Ja, da ist sie«, sagte Colette und richtete sich auf. Sie kam zu den andern.

»Nicht schlecht«, sagte Moulet zu Bernard und sah ihn von der Seite an.

»Allerdings. – War das nicht sehr … schmerzhaft?«

»Nein. Die Sucherei hat nur lange gedauert. Aber jetzt hab ich gefunden, was ich gesucht habe«, sagte Colette lachend und schüttelte den beiden Jungen die Hand. »Ihr könnt euch gar nicht vorstellen, wie froh ich bin.«

»Dinge gibt's, die gibt's gar nicht!«, sagte Bernard. »Kannst du mir den Ablauf genauer beschreiben?«

»Wie bitte?«

»Ich meine, den Ablauf der Operation.«

»Er meint das normale Rumgemache mit dem Dingsbums«, sagte Moulet.

»Das was?«, fragte die Rote. Sie kicherte.

»Die hat's immer noch nicht geschnallt«, flüsterte Bernard Moulet ins Ohr.

»Allerdings!«, sagte Moulet. »Na ja, wie auch immer«, fuhr er mit lauter Stimme fort. »Ende gut, alles gut. Oder? Was meinst du, mein lieber Bernard?«

Moulet gab ihm einen Klaps auf den Rücken. »Also, kommt ihr?«

»Wir gehen hoch auf die Wiese«, sagte die Rote.

»Hm, nicht gerade toll, eure Wiese. Ganz schön voll hier die Ecke. Ich mag das nicht, wenn so viel los ist.«

»Da sind doch bloß Kinder.«

»Drei laute Gören und ein Hund. Die drei und der Köter macht vier. Und dann wir vier, macht acht. Oder zählen wir etwa nicht?«

»Er hält sich für enorm scharfsinnig«, sagte Bernard.

»Du liebst offenbar die Einsamkeit«, sagte die Blaue.

»Oh nein! Nicht unbedingt. Was ich mag … – gehen wir? – was ich mag, ist erlesene Gesellschaft. Hehe. Nicht wahr, mein lieber Roby? – Los, gehen wir endlich. Ab in die Sonne. Wir sind noch nass. Glaubt ihr nicht, wir sollten … Brr.« Moulet klapperte mit den Zähnen. »Brr, rauf jetzt.«

Er fasste die Rote an den Schultern und schob sie vor sich her nach oben. »Wir müssen uns nur hier hinlegen. Ach, diese Sonne! Ich habe am Ferienanfang gewettet, dass ich genauso braun werde wie das Ladenschild von Saffy.«

»Das Fahrradgeschäft?«

»Ja. Kennst du das? Dann weißt du ja, was ich meine. Aber bei diesem sch… also diesen Gewittern dieses Jahr bin ich immer noch so weiß wie der Hintern von … Ach, so was darf man ja nicht laut sagen!«

»Mann, was redest du da für einen Stuss«, sagte Bernard.

Moulet stieß ihn mit dem Ellenbogen in die Seite.

»Entschuldigung«, sagte er und wandte sich an die Blaue. »Das ist bei mir so ein Reflex. Aber ich mach's nicht wieder. Versprochen. Nächstes Mal, da lass ich mir lieber die Zunge in sieben Stücke hacken, bevor ich … Sagt man doch so, oder?«

»Was für ein Spinner«, sagte die Blaue.

»Du hast wohl den ganzen Tag nichts zu tun«, sagte er,

während er sich dicht neben ihr im Gras ausstreckte. Er ließ seine Finger über ihren Arm wandern.

»Sieh sich einer diese Haut an. Oder hast du dich angemalt?«

Sie rückte ein wenig von ihm ab.

»Nein, das ist echt. Ich werde schnell braun. Du kannst ja mal bei Jacqueline nachschauen …«

»Lass mal sehen«, sagte Moulet.

Er drehte sich auf den Bauch und legte dabei seinen nackten Fuß auf den Schenkel der Blauen. Er ergriff den Arm der Roten und hielt ihn sich vor die Augen.

»Du entschuldigst. Ich bin leider sehr kurzsichtig.«

»Und ziemlich aufdringlich«, sagte die Blaue. Sie rückte von ihm ab und schob Moulets Bein mit ihrem Fuß zur Seite.

»Oh, pardon! Ich Esel!«, rief er und richtete sich auf, nur um sich erneut dicht neben sie zu setzen.

»Habe ich dir wehgetan? Aber sieh sich doch wirklich einer diese Haut an«, fing er wieder an und streichelte ihren Arm mit dem Handrücken. »Du musst doch mindestens zehn Stunden am Tag in der Sonne liegen.«

»Die haben anscheinend nichts Besseres zu tun«, meinte Bernard.

»Und ihr? Mit welchen großartigen Dingen beschäftigt ihr euch?«, fragte die Rote.

»Mit extrem Zeit raubenden«, sagte Moulet.

»Seid ihr Studenten?«, fragte die Blaue.

»Studenten?«, rief Moulet affektiert. »Wir sind einfache Abiturienten, Schmalspurabiturienten, wenn Ihr so wollt.

Aber das ist nur ein kleiner Teil unserer wichtigen Geschäfte. Ein kleiner Zeitvertreib, eine Stunde alle zwei Wochen. Haha. Nicht wahr, Roby? Zumindest war das während des Schuljahres so. Jetzt, wo wir an der Uni aufgenommen worden sind ... Aber ich meinte eigentlich eher Verpflichtungen ...«

»... weltläufiger Art«, ergänzte Bernard.

»Genau. Wir bewegen uns im Zentrum gewisser Kreise ... Kreise mehr oder weniger flüchtiger und doch ausgedehnter Beziehungen ... hochgradig divergierender Beziehungen, wenn ihr versteht.«

»Aha«, sagte die Blaue.

»Und da unser Ehrgeiz keine Grenzen kennt«, fuhr Moulet ebenso affektiert fort, »haben wir den hehren Plan gefasst, diese Kreise Tag für Tag auszuweiten, gleichwohl wir unserem Vorhaben kaum je gerecht werden können. Ja, allerdings – kaum je ge-recht wer-den kön-nen.«

Bei jeder Silbe tippte er mit den Fingerspitzen auf den Arm der Blauen. »Jaja! Das Leben ist nicht immer lustig. Man muss die Feste feiern, wie sie fallen. Das ist wie ... Aua! Verdammt, diese Mücken. Vorsicht, da ist eine auf deinem Bein.«

Er klatschte der Blauen auf den Oberschenkel.

»Oh. Hab ich dir wehgetan?«

Sie stieß ihn mit der Hand von sich. »Lass mich in Ruhe!«

»Ich hab dir also wehgetan?«, beharrte Moulet.

»Jetzt lass mich endlich in Ruhe. Du gehst mir wirklich auf die Nerven.«

Er ließ von ihr ab.

»Ja, wie ich gesagt habe. Das Leben ist nicht immer lustig. Findet ihr nicht, dass es hier ziemlich langweilig ist? Wir sollten endlich wieder runter ans Wasser.«

»Ja. Gehen wir«, sagte Bernard. »Wir haben hier oben schon genug Zeit verschwendet.«

»Oh, seht euch diesen groben Klotz an. Man verschwendet nie Zeit in Gesellschaft junger Damen. Nicht wahr, Colette?«

»Kommt ihr?«, fragte Bernard die Mädchen.

»Ich glaube, ihnen bleibt keine Wahl. Denn wie heißt es so schön: Sind sie nicht willig, so brauch ich Gewalt«, sagte Moulet.

Sie zerrten jeder eins der Mädchen den Abhang herunter.

»Ihr seid Spinner«, riefen die Mädchen und kreischten.

»Ah! Ich lache mich schlapp. Aber schreit nicht so laut. So, da wären wir. Man muss schon sagen, euch fehlt der gewisse Sinn für …«

Moulet beugte sich zu Bernards Ohr.

»Was flüstert er da?«, fragte die Rote.

»Ich habe Bernard nur gesagt, er soll nicht zu früh in Triumphgeheul ausbrechen«.

»Triumphgeheul?«

»Das ganze Trara eben. Ihr wisst schon. Er hält sich für unwiderstehlich, unser kleiner Bernard.«

Er klopfte ihm freundschaftlich auf den Rücken.

»Gehen wir rein?«, fragte Bernard.

»Bitte nach euch«, sagte Moulet zu den Mädchen.

»Nein. Macht ihr nur. Wir bleiben am Ufer. Wir können nicht so gut schwimmen«, sagte die Blaue.

»Oh. Wir retten euch gerne.«

»Also«, fragte Bernard, »ja oder nein?«

»Warte mal«, sagte Moulet, »Wir wenden einfach Gewalt an: Ich nehme die Beine, du die Schultern, und eins, zwei, hopp …«

Er ging auf die beiden Mädchen zu und fletschte die Zähne.

»Muuuh. Muuuh.«

Die Mädchen wichen zurück.

»Oh. Sieh dir das an, Roby!« Er gab sich wieder normal. »Ich mach doch bloß Spaß. Hast du die Angst in ihren Gesichtern gesehen? Also ehrlich. Ihr habt wirklich keinen Sinn für das, was sich gehört.«

Er sprang ins Wasser.

»Ich schwimm noch ein paar Meter, um warm zu werden«, sagte Bernard. »Kommst du mit?«

»Willst du die Mädels etwa allein lassen? Was da alles passieren kann! Dabei läuft es doch bisher ziemlich gut. Und bei dir, klappt es?«

»Keine Ahnung«, antwortete Bernard. »Hab mich nicht sonderlich bemüht.«

»Du bist wirklich blöd«, sagte Moulet. »Du kriegst jedes Mal Muffensausen. Hab ich Recht?«

»Quatsch. Ich weiß nur nicht, was du hier erreichen willst. Und ich hasse es, wenn mir kalt wird.«

»Wir werden ja sehen«, sagte Moulet.

»Eben«, erwiderte Bernard.

Der Fluss beschrieb eine lang gestreckte Kurve. Bernard schwamm erst an einem Kind vorbei, dann überholte er ein junges Mädchen. Er machte auf einer Kieselbank mitten im Fluss Pause. Er sah, halb von der Uferböschung verdeckt, wie sich Moulet und die beiden Mädchen gegenseitig Wasser ins Gesicht spritzten. Die Mädchen kreischten jedes Mal, wenn sie nass wurden. Das junge Mädchen, das er gerade überholt hatte, schwamm auf ihn zu, sehr langsam, den Kopf auf die Seite gelegt und die Lippen geschlossen. Sie stieg wenige Meter vor ihm aus dem Wasser und verschnaufte, die Arme vor der Brust verschränkt, den Kopf zum Ufer gewandt. Sie musste ungefähr sechzehn Jahre alt sein. Er betrachtete ihre langen, üppigen Beine und die deutliche Wölbung ihrer Hüften. Sie steckte einen Finger unter den Saum ihres blauen Badeanzugs und zog ihn nach unten.

»Ich bin gerade fast mit dir zusammengestoßen«, sagte er.

»Wie bitte?«

Er machte einen Schritt auf sie zu.

»Warst du das nicht, die ich gerade beim Überholen fast gerammt hätte?«

»Nein«, sagte sie.

Ihre Haut war ungewöhnlich glatt. Ihr Gesicht war kantig, doch sehr gleichmäßig geformt und von langen kastanienbraunen Locken gerahmt. Er hatte sie noch nie hier gesehen. Sie lächelte. »Aber du schwimmst ziemlich schnell.«

»Nein«, sagte Bernard. »Ich hab mich nicht gerade beeilt. Aber bei dem Licht sieht man nicht so gut, wo man hinschwimmt. Ich habe einen ziemlich weiten Bogen gemacht … Aber ich gehe gerne hier schwimmen.«

»Normalerweise bin ich weiter unten«, sagte das Mädchen. »An der Brücke. Kennst du die Stelle? Heute bin ich zur Abwechslung mal hier hoch gekommen.«

»Ist aber nicht ungefährlich«, sagte Bernard. »Ich glaube, das war heute das letzte Mal, dass ich hier oben reingegangen bin. Wenn man nicht aufpasst, bricht man sich alle Knochen. Bist du jeden Tag am Fluss?«

»Wenn ich Lust habe, ja. Manchmal«, erwiderte sie.

»Ich bin auch nur manchmal hier«, sagte Bernard. »Bist du aus Percy?«

»Nein. Ich mache hier Ferien. Ich komme eigentlich aus Paris.«

»Ich wohne seit ein paar Jahren in Percy, sogar in den Ferien.«

»Studierst du?«

»Ja«, sagte er. »Und du?«

»Elfte Klasse. Was studierst du denn?«

»Noch nichts. Ich habe gerade Abitur gemacht.«

»Sehr gut«, sagte sie.

Sie lächelte.

»Ich habe hier in der Nähe meine Sachen. Es muss schon spät sein.«

Sie reichte ihm die Hand und sagte förmlich: »Auf Wiedersehen.«

»Ja. Auf Wiedersehen.«

Bernard schwamm zurück. Moulet und die beiden Mädchen stiegen gerade aus dem Wasser.

»Bist du weit geschwommen?«

»Bis zur Brücke.«

»Bis zur Brücke? Unglaublich«, sagte die Rote.

Moulet streckte sich in der Sonne aus.

»Glaubt ihm nicht. Das ist ein Aufschneider … He! Wo geht ihr hin?«

»Ich bin gleich wieder da«, sagte die Rote. »Ich hol nur kurz meinen Kamm.«

»Und wo ist der?«

»In meiner Tasche, dahinten.«

Moulet stand auf.

»Soll ich dich begleiten?«

»Ich bin in drei Minuten wieder da, versprochen.«

»Trotzdem. Ich muss dir nämlich etwas unter vier Augen mitteilen.«

Sie zögerte einen Augenblick.

»Wenn du so viel Wert drauf legst.«

Sie gingen die Hecke entlang, die oberhalb der Uferböschung an die Wiese anschloss.

»Jacqueline, bringst du mir ein Handtuch mit? Bist du so gut?«, rief die Blaue, dann wandte sie sich an Bernard: »Es wird langsam ziemlich frisch.«

Er drehte sich zu ihr um. »Ja, es wird frisch«, wiederholte er. »Du zitterst ja richtig.«

»Ach, das ist halb so wild.« Sie rieb sich die Arme. »Jacqueline bringt mir mein Handtuch mit.«

Er erhob sich. »Wir sitzen hier die ganze Zeit im Wind.

Der Platz ist nicht gut gewählt. Findest du nicht, wir sollten auch ein paar Schritte gehen?«

»Wenn du meinst.«

Sie schlenderten über die Wiese auf ein kleines Wäldchen zu.

»Es wirkte so, als hättet ihr euch gerade gut mit Jacques amüsiert. Man hörte die ganze Zeit euer Gelächter.«

»Von wegen. Diese Nervensäge geht mir ganz schön auf den Wecker.«

»Aber er ist im Grunde ein netter Kerl. Mit ihm zusammen gibt's immer was zu lachen.«

»Wohin gehen wir eigentlich?«, fragte sie.

Unter den Bäumen öffnete sich ein schmaler Pfad, gerade breit genug, um eine Person durchzulassen.

»Ich wollte nur mal sehen … Keine Ahnung. Willst du schon wieder zurück?«

Sie drehte sich um und sah unschlüssig zur Wiese herüber, wo zwei Kinder mit einem Ball spielten. Moulet und Jacqueline waren nicht zu sehen.

»Ich gehe aber nicht weit«, sagte sie.

»Aber sicher«, sagte Bernard.

Er ließ sie vorgehen, holte sie aber bald ein und legte vorsichtig eine Hand auf ihre Schulter.

»Du bist ja klatschnass und vollkommen unterkühlt.«

Er drehte sie zu sich um und schlang seine Arme um ihre Taille. »Ich auch, aber wenn man zu zweit ist, spürt man die Kälte nicht mehr.«

Er lachte und küsste sie. Sie entzog sich sofort seiner Umarmung.

»Ich gehe zurück«, sagte sie.

Er versuchte, ihren Arm festzuhalten, aber sie riss sich los und rannte davon.

»He, warte doch. Halt«, rief er. Aber sie war schon auf der Wiese angelangt.

»Warum hast du's denn so eilig?«, fragte er, als er sie wieder eingeholt hatte.

Sie war stehen geblieben und blickte zu der Hecke, wo Moulet und Jacqueline verschwunden waren.

»Jetzt sind sie wahrscheinlich bei unseren Sachen angelangt«, sagte sie. »Kannst du die beiden sehen? Ich bin längst trocken, wenn die zurückkommen.«

»Mensch, da hast du ja richtig Schwein gehabt«, sagte Moulet. »Bei mir lief es anders. Sie hat gesagt, sie fühlt sich beobachtet. Na ja, irgendetwas in der Art.«

Er klopfte Bernard auf die Schulter.

»Mein lieber Bernard. Gratuliere. Die erste Runde geht an dich.«

»Blödmann«, sagte Bernard. »Meinst du, das bringt was?«

»So läuft das eben, mein Lieber«, sagte Moulet. »Man darf nicht allzu wählerisch sein. Hätte besser laufen können, aber immerhin …«

Er fasste Bernard am Arm.

»Da war übrigens eine, die sah nicht übel aus. Sie schwamm direkt vor uns. Wahrscheinlich hast du die nicht gesehen. Ach doch, du musst an ihr vorbeigeschwommen sein. So eine mit einer unglaublichen Mähne. Hast du die nicht gesehen?«

»Nein«, sagte Bernard.

»Aber du musst sie doch irgendwann überholt haben.«

»Kann sein. Ich hab sie aber nicht gesehen.«

»Na, Jungs?«, rief Claire und lachte. Sie saß an einen Baum gelehnt und rauchte. »Habt ihr euch gut amüsiert?«

»Ja. Ganz gut«, sagte Bernard.

»Also ich für meinen Teil bestens«, sagte Moulet.

Schwarz tauchte hinter dem Auto auf.

»Das Flussufer ist hier wirklich wunderbar. Ich kannte das gar nicht«, sagte er.

»Seid ihr bis zum Schloss gegangen?«, fragte Bernard.

»Sogar noch weiter, bis zu einer Insel«, sagte Claire. »Wir sind fast ertrunken, als wir rüberschwimmen wollten. Zum Glück hat Jean mir geholfen.«

»Jetzt übertreib mal nicht«, sagte Schwarz.

Er wischte mit der Hand die blonden Haare aus der Stirn, die ihm in die Augen gefallen waren.

»Ach, ja!«, sagte Moulet. »Wir dagegen sind die ganze Zeit über nur geschwommen.«

Claire schnippte die Asche ihrer Zigarette auf den Boden. Sie sah kurz zu Schwarz, senkte jedoch sofort den Blick und zog ihr ausgestrecktes Knie hoch.

»Wollt ihr schon gehen?«, fragte sie Bernard.

»Oh nein«, sagte Moulet. »Ich wollte das hier nur gerade wegbringen.«

Er schwenkte die Mütze, die er in den Händen hielt. Bernard folgte ihm.

»Hast du gesehen? Schwarz wirkt nicht sehr zufrieden.«

»Was habe ich dir gesagt?«, erwiderte Bernard.

»Oh. Das beweist gar nichts«, sagte Moulet.

»Aber möglich wäre es immerhin, obwohl's mich ja nichts angeht.«

»Du glaubst gar nicht, wie mir die Fresse von dem Typ auf den Zeiger geht. Swartz, Schwarrrr-z!«

»Wenn schon.«

Moulet ergriff seinen Arm.

»Dreh dich doch bloß mal um, und riskier einen Blick auf diese Visage. Wie der aussieht, wenn er lacht. Das ist doch ein absolutes Arschgesicht, oder?«

Die beiden mussten lachen.

»Ihr scheint euch ja gut zu amüsieren«, rief Claire. »Was redet ihr denn so?«

»Nichts für kleine Mädchen«, rief Moulet.

»Ach was«, rief Claire zurück.

»Du Idiot«, sagte Bernard zu Moulet.

»Was?«, fragte Moulet.

»Fällt dir nichts Besseres ein, wenn du mit Claire redest? Ist ja ziemlich schwach.«

»Stimmt das etwa nicht? Sag schon.«

»Idiot«, wiederholte Bernard.

»Was soll das?«, fragte Moulet. »Warum Idiot?«

»Weil du ein Idiot bist. Da gibt's nicht viel drum rumzureden. Idiot bleibt Idiot.«

»Also kommen die jetzt doch nicht mit nach Dieppe?«, fragte Claire.

»Ja, sie bleiben hier«, sagte Bernard. »Michel hat abgesagt. Was soll's. Wenn er jetzt noch mal seine Meinung ändert, haben sie eben Pech gehabt.«

Er lag ausgestreckt auf seinem Bett und rauchte. Das Rouleau war heruntergelassen, und im Halbdunkel des Zimmers wirkte sein Gesicht noch tiefer gebräunt als bei Tageslicht.

»Ich kann's ja beim Abendessen noch mal versuchen …«, wandte Claire ein.

»Er kommt nicht zum Abendessen. Madame Luzières hat ihn eingeladen. Das muss ich Mama noch ausrichten, hab ich ganz vergessen.«

»Na toll«, sagte Claire. »Wenn er heute nicht zum Essen kommt, ist die Sache wohl erledigt. Der Ausflug hängt schließlich nicht von mir alleine ab. Ich muss Françoise heute Abend noch Bescheid sagen, wer alles mitfährt. Aber wenn das so ist, kann ich mich ja gleich aufs Rad setzen. Wie viel Uhr ist es eigentlich?«

»Sechs«, sagte Bernard. »Der Wecker steht vor deiner Nase.«

»Dann fahre ich in einer Viertelstunde. Jetzt ist es noch ein bisschen früh. Kommst du mit?«

»Nein«, sagte Bernard. »Keine Lust.«

Sie lachte.

»Natürlich. Wenn man dich hier so rumliegen sieht! Jedes Mal, wenn ich in dein Zimmer komme, lungerst du auf dem Bett herum. Komm, gib mir eine Zigarette.«

»Bedien dich. Auf dem Tisch unter der Zeitung. Die Streichhölzer liegen am Kamin. Ja, in meinem Zimmer kenne ich mich aus! ... Ist wahrscheinlich wirklich gut, wenn du Françoise so früh wie möglich Bescheid gibst.«

Claire ging zum Fenster.

»Ist ziemlich albern von dir, im Dunkeln zu liegen. Die Sonne ist doch längst weg.«

»Mach, was du willst. Du musst an der Schnur links ziehen, aber ganz gerade nach unten.«

Sie zog das Rouleau zur Hälfte hoch, setzte sich auf die Fensterbank und lehnte sich mit dem Rücken gegen die Querstrebe. Im Gegenlicht war ihre Haarpracht gewaltig. Bernard richtete sich auf und gähnte.

»Bei so Typen weiß man nie, was sie denken.«

»Bei wem?«

»Michel, natürlich. Und vor allem sie. Die passen wirklich gut zusammen.«

Er setzte sich aufs Bett und warf den Zigarettenstummel in den Aschenbecher.

»Sie werden bald heiraten«, sagte Claire.

»Heißt es.«

»Ist das nicht beschlossene Sache?«

»Doch. Ich denke schon. Aber die machen doch sowieso nur, was ihnen gerade passt.«

»Offensichtlich«, sagte Claire.

»Was?«

»Ich sagte: offensichtlich.«

»Offensichtlich was?«

»Dass es ihnen offensichtlich gerade mal so passt. Du schläfst wohl immer noch. Hast du sie eigentlich gefragt, ob sie mit schwimmen gehen wollten? Du hättest die beiden im Auto mitnehmen können.«

»Er hat sein eigenes. Und außerdem wollten sie nicht.«

»Warst du lange bei ihnen?«

Sie löste sich vom Fenster und setzte sich auf die Tischkante.

»Nein«, sagte er, »sie waren hinten im Garten. Als ich kam, haben sie sich gerade Orangenlimonade gemischt. Sie haben mir was angeboten, aber eigentlich hätte ich ablehnen müssen.«

Claire lachte aus vollem Hals. »Du Ärmster! Du nimmst ihnen die Absage wirklich übel.«

»Wenn man zusagt, dann sollte man dazu stehen. Das ist meine Meinung.«

»Hatten sie denn schon zugesagt?«

»So gut wie. Er hat gesagt ›wahrscheinlich‹. Für mich heißt das, es geht klar.«

»Was erwartest du von ihm? Er ist nicht frei in seinen Entscheidungen.«

»Offensichtlich«, sagte Bernard.

»Ja, ganz offensichtlich.« Sie lachte. »Also wollte Madame Bergmann nicht mitfahren?«

»Davon muss man wohl ausgehen. Trotzdem war er es, der mir abgesagt hat. Und sie machte eher den Eindruck, als wäre sie gern mitgefahren. Aber wenn sie nicht kommen, macht das auch nichts. Die sind sowieso nicht sehr unterhaltsam.«

»Andererseits wären wir ungebundener gewesen«, sagte Claire. »Außerdem mag ich Michel wirklich gern.«

»Oh, ich auch«, sagte Bernard und lachte. »Er ist in Ordnung.« Er wendete den Kopf zu ihr um. »Oder etwa nicht?«

»Doch. Er ist in Ordnung. Er ist sehr zuvorkommend und nett … Und deshalb streitet ihr euch die ganze Zeit, wenn ihr euch seht, und außerdem …«

»Außerdem was?«, fragte Bernard.

»Nichts weiter. Reicht dir das nicht? Sie kenne ich ja so gut wie gar nicht. Aber sie wirkt sympathisch, diese Frau. Vielleicht etwas zu alt für ihn. Wie kommt das eigentlich, dass ich sie noch nie vorher gesehen habe? Hat sie damals überhaupt in Percy gewohnt?«

»Ja«, sagte Bernard. »Du weißt, dass sie schon mal verheiratet war?«

Sie zuckte die Achseln. »Ja. Ihr Mann ist aber vor einiger Zeit gestorben, glaube ich.«

»Vor einem Jahr. Aber getrennt waren sie, soviel ich weiß, schon länger. Keine Ahnung, wie Michel sie kennen gelernt hat.«

»Ich war jetzt vier Jahre nicht mehr bei euch in den Ferien. Aber an Michel kann ich mich noch genau erinnern.«

»In dem Jahr, als du da warst, muss die Sache zwischen ihm und ihr losgegangen sein«, sagte Bernard. »Aber das war da noch ganz anders. Michel ist ein Jahr später wieder hier gewesen und dann noch zweimal während seiner Militärzeit in Pau. Meine Mutter hat sich gewundert, warum er immer wieder aufgetaucht ist, aber uns war das egal.«

»Typisch Bernard«, sagte Claire. »Du hast eine Art, so was zu erzählen …« Sie machte eine Geste.

»Irgendwie so ist das gelaufen. Auf jeden Fall ist es in diesem Jahr anders. Bisher war das ja eher …«

»Das war äußerst heikel«, sagte Claire und lächelte. »Na, egal … Fahren wir eben alleine.«

Sie erhob sich. »Ich hol mein Fahrrad.«

Sie reichte ihm die Hand. »Bis später.«

Bernard hörte, wie sie die Treppe hinunterging und die Haustür öffnete. Er stand auf und ging zum Fenster. Sie hatte den Weg eingeschlagen, der an der Terrasse vorbei zur Garage hinters Haus führte. Kurz bevor Claire aus seinem Blickfeld verschwand, drehte sie sich um und sah zu Bernard hoch.

»Willst du nicht doch mitkommen?«

»Nicht jetzt. Du kriegst das schon alleine hin. Ach, und wenn du Mama hinterm Haus siehst, sag ihr, dass Michel heute Abend nicht zum Essen kommt. Ich habe vergessen, ihr das zu sagen.«

»Mach ich«, sagte Claire. »Bis später.«

Es war schon kurz vor sieben, aber die Hitze war unverändert drückend. Elisabeth legte ihr Buch auf den Eisentisch und stand auf. Der angrenzende Teil des Gartens lag nunmehr ganz im Schatten. Die ersten Blätter der Pflaumen- und Pfirsichbäume waren auf das kurz geschnittene, fast gelbe Gras gefallen. Auf der anderen Seite der Terrasse standen hoch aufgeschossene Linden, die die rückwärtige Fassade des Hauses den Blicken entzogen. Zwischen den Stämmen hing Wäsche auf der Leine. Elisabeth prüfte, ob sie schon trocken war, und begann sie abzuhängen.

»Louise!«, rief sie.

»Hier bin ich, Madame«, erscholl die Antwort aus dem Haus.

»Haben Sie eine Minute Zeit? Ich glaube, es wäre besser, die Wäsche heute Abend noch abzuhängen. Möglicherweise gibt es ein Gewitter.«

»Können wir nicht bis nach dem Essen warten? Ich weiß nicht, ob sie schon trocken ist.«

»Doch, ist sie«, sagte Elisabeth. »Außerdem gehen wir heute nach dem Essen noch aus. Bringen Sie mir einfach den Wäschekorb. Ich kümmere mich drum.«

»Ich mache das schon«, sagte Elisabeth, als Louise ihr den Korb gebracht hatte. »Sie wissen, dass wir heute früher essen? So gegen halb acht. Aber sie brauchen nicht für Monsieur Landeau zu decken. Er wird nicht da sein.«

»Fährt er schon wieder weg?«

»Aber nein. Er ist nur heute Abend nicht da. Sie können sich ja vorstellen, dass er diesmal nicht so schnell wieder fährt.«

»Ich wollte mich auch schon wundern«, sagte Louise.

4

Michel sammelte die über Tisch und Bett verstreuten Fotos auf. »Wahrscheinlich hast du es zerrissen.«

»Nein«, erwiderte Irene. »Das habe ich ganz sicher nicht. Ich weiß, dass ich es zur Seite gelegt habe, weil es dir nicht gefallen hat. Und jetzt willst du es unbedingt sehen?«

»Oh nein«, sagte er. »Ich habe mich plötzlich dran erinnert und wollte wissen, was du damit gemacht hast.«

»Ich hab's ganz sicher irgendwo hingelegt«, sagte sie. »Ich weiß nur nicht, wohin.«

»Ist nicht so wichtig. Wir haben schon genug durcheinander gebracht.«

Sie lachte. »Durcheinander? Findest du …? Das ist doch nicht so schlimm.«

»Es ist meine Schuld«, sagte er. »Eine meiner fixen Ideen. Auf einmal wollte ich unbedingt die Fotos sehen …«

»Ich nicht«, sagte Irene und lachte. »Ich habe dir das gar nicht erzählt. Zwischendurch dachte ich sogar, ich hätte die Schachtel mit den Fotos verloren. Na ja, jetzt ist sie wieder aufgetaucht.«

»Hattest du Angst, ich glaube dir nicht?«

»Nein. Und übrigens, wenn du unbedingt mitfahren willst: Du hättest nicht absagen müssen«, sagte sie.

»Und du? Du wolltest doch nicht mit.«

»Richtig. Aber ich habe gedacht …«

»Was hast du gedacht?«

»Nichts, ach, vergiss es. Lohnt sich nicht, sich da …«

»Was lohnt sich nicht?«

»Lohnt sich nicht. Punkt.«

Er erwiderte nichts, sondern kniete sich auf die Bettkante und angelte nach einem Foto, das hinter das Bett gerutscht war. Er betrachtete es, legte es zu den anderen in die Schachtel und schloss den Deckel.

»Wo soll ich die hinlegen?«, fragte er.

»Wohin du willst. Leg sie meinetwegen ins Regal, neben die Bücher.«

Sie saß mit übereinander geschlagenen Beinen auf dem Bett und stützte sich rückwärts mit den Händen ab. Im gelben Lichtschein der auf Kopfhöhe angebrachten Nachttischlampe sah sie außerordentlich schön aus. Ihre Schönheit wirkte abstrakt und tief wie die Schönheit von Gemälden oder Statuen, deren Bedeutung über das hinausgeht, was sie darstellen, die nicht für sich selbst stehen. Michel kehrte zum Bett zurück, setzte sich, ohne ihr dabei zu nahe zu kommen, ließ sich nach hinten fallen und lehnte sich auf die Ellenbogen. Er betrachtete den kreisrunden Schatten des Lampenschirms auf Zimmerdecke und Wand.

»Ich werde diesmal früher wegfahren«, sagte er. »Das ist auf jeden Fall besser …«

»Ja«, sagte sie kaum wahrnehmbar. Er drehte sich zu ihr um und stellte fest, dass sie ihre Haltung nicht verändert hatte. Ihr Blick haftete nach wie vor auf einer unbestimmten Stelle der dunklen Wand irgendwo neben dem Fenster.

»Woran denkst du?«, fragte er.

»An nichts. An das, was du gesagt hast.«

»Dass ich wegfahre?«

»Nein, was du über das Foto gesagt hast. Ich frage mich, wo es geblieben ist.«

»Und?«

»Ich habe keine Ahnung. Ich weiß es nicht«, sagte sie.

»Das ist doch nicht so wichtig«, sagte er. »Ich muss das Foto jetzt nicht sehen. Ist vielleicht besser so.«

Sie antwortete nicht, richtete sich aber ein wenig auf. Ihr Profil hob sich jetzt klar vom Lichtkegel der Lampe ab. Dann drehte sie plötzlich den Kopf von ihm weg, mit einer spröden, ungeschickten Bewegung wie jemand, der sich beobachtet fühlt. Gestik und Sprache verrieten gleichermaßen eine steife und unwillkürliche Widerspenstigkeit, wie bei einem schlecht gebundenen Buch, das nicht aufgeschlagen liegen bleiben will und das man so lange auf und zu klappen muss, bis es schließlich aus dem Leim geht. Ihr Widerstand war passiv wie der eines Gegenstandes.

Er rutschte neben sie und schlang seinen Arm um ihre Schultern. Aber sie verharrte in ihrer angespannten Haltung, den Kopf gesenkt und von ihm abgewandt, als betrachte sie das Muster auf dem Bettüberzug. Er strich ihr Haar zur Seite und küsste sie auf den Hals.

»Ist irgendwas?«, fragte er.

»Nein. Nichts.« Sie drehte sich zu ihm um und küsste ihn. »Ist gleich vorbei«, sagte sie.

»Wenn es gleich vorbei ist, dann ist jetzt irgendwas. Bist du traurig?«

»Nein!«

»Gut. Reden wir von etwas anderem«, sagte er.

Er ergriff ihr Kinn und küsste sie auf Wange und Nasenflügel. Sie verteilte ihrerseits kleine, hastige Küsse auf seinen Hals. Dann legte sie den Kopf auf seine Schulter.

»Bleib so«, sagte sie.

»Ist alles in Ordnung?«

»Ja.«

Sie hatte den Ärmel seines Jacketts erfasst und rieb die Knöpfe gegeneinander. Er sah den verhältnismäßig kurzen Fingern mit den manikürten Nägeln zu, wie sie mit rastlosen Bewegungen seine Uhr freilegten. Er las die Uhrzeit, zwanzig vor zehn. Er betrachtete das Regal in der Ecke neben dem Fenster. Aufs unterste Bord hatte sie neben sein Foto eine kleine, runde Vase mit weißen Rosen gestellt.

»Erinnerst du dich an den Abend«, fragte er, »als wir im Garten Blumen gepflückt haben? Das war ungefähr zur gleichen Zeit.«

»Ja. Es war derselbe Monat. Anfang August.«

»Genau. Im August«, sagte er. »Erinnerst du dich daran?«

»Ja, ich erinnere mich«, sagte sie.

Sie löste sich von ihm und nahm wieder die zusammengekauerte Haltung von vorhin ein. Ihr Blick war starr auf die Bettdecke gerichtet. Er ließ ihre Schulter los, umschlang ihre Taille und zog sie zu sich herüber. Sie machte sich von ihm los.

»Warte«, sagte sie.

Sie richtete sich auf, streckte ihre Beine aus und setzte sich neben ihn auf die Bettkante. Das Kleid war ihr übers Knie gerutscht. Sie zog es glatt. Erst dann ließ sie zu, dass er sie an sich drückte.

Er nahm ihren Kopf in beide Hände und drehte ihr Gesicht langsam zu sich hin.

»Schau mich an.«

Er spürte, wie angespannt sie immer noch war, wie ihr Körper sich der Bewegung widersetzte.

»Ich wollte dir vorhin etwas sagen, aber da habe ich mich nicht getraut«, sagte er nach einer Weile.

»So?«

»Getraut eigentlich schon. Aber in dem Moment hätte es vielleicht lächerlich geklungen. Ich wollte dir sagen, dass du gerade sehr schön ausgesehen hast.«

»Aha«, sagte sie. »Und jetzt sehe ich nicht mehr schön aus?«

»Im Augenblick kann ich dein Gesicht nicht sehen. Schau mich an.«

Er lachte. Sie drehte sich langsam zu ihm um und küsste ihn.

»Natürlich bist du auch jetzt schön. Ich hatte nur eben das Bedürfnis, dir das unbedingt zu sagen, aber denken tu ich das die ganze Zeit«, sagte er. »Hast du etwa geglaubt …?«

»Nein. Habe ich nicht. Du sagst das nur wieder so komisch …«

»Du hast es geglaubt. Du hast es geglaubt«, wiederholte er lachend.

Er warf sich auf sie und küsste sie heftig. Seine Finger drückten sich tief in das Fleisch ihrer Schultern.

»Tue ich dir weh?«, fragte er.

»Nein.«

»Soll ich weitermachen?«

»Wie du willst. Du hast manchmal eine Art!« Sie lachte.

»Na ja«, sagte er. »Man weiß nie, was du wirklich willst, was du … Manchmal habe ich den Eindruck, du machst alles nur gegen deinen Willen.«

»Nein. Ich will das, wenn du es willst.«

»Und du, was willst du?«

»Ich? Nichts.«

»Willst du, dass ich gehe?«

»Nein. Stell mir doch nicht solche Fragen. Mach, was du willst, habe ich gesagt.«

»Also gut«, sagte er. »Ich werde jetzt gehen, weil ich heute Abend … Ich komme morgen früh um zehn vorbei – wenn du das willst. Ist das in Ordnung?«

»Ja. Wie du willst.«

Er stand auf, drehte sich zu ihr um und zog sie zu sich hoch.

»Gehe ich dir auf die Nerven?«

»Natürlich nicht«, sagte sie.

»Ist es wegen Bernard heute Nachmittag?«

»Was hat Bernard damit zu tun?«

»Als wir ihm abgesagt haben. Da hatte ich den Eindruck, du denkst, wir haben ihn gekränkt.«

»Ganz und gar nicht, Michel. Wir haben doch wohl das Recht, zu tun und zu lassen, was wir wollen. Außerdem haben wir das so entschieden.«

»Aus freien Stücken?«

»Wie meinst du das?«

»Ich meine: War das dein Entschluss …? Aber gut, wir müssen nicht länger darüber reden. Tun wir so, als hätte ich nichts gesagt. Außerdem«, fügte er hinzu, »sind die andern sicher ganz froh, uns nicht dabeizuhaben.«

»Ja«, sagte sie.

»Meinst du wirklich?«

»Ich habe ›ja‹ gesagt. Ja und nochmals ja. Ohne uns werden die sich besser amüsieren.«

Er küsste ihre Hand. »Also dann, bis morgen!«

»Bis morgen.«

Er küsste sie auf den Mundwinkel und machte einen Schritt Richtung Tür. Dann kehrte er noch einmal um und setzte sich zu ihr aufs Bett.

»Hör zu, Irene«, sagte er. »Ich weiß, dass Reden nicht dazu beiträgt, die Dinge ins Reine zu bringen. Aber wenn ich traurig wäre oder schlechte Laune hätte, dann wäre es mir zum Beispiel lieber, du würdest gehen und abwarten, bis es vorbei ist …«

»Ich habe dich aber nicht gebeten zu gehen«, sagte sie.

»Möchtest du denn, dass ich bleibe?«

»Nein, geh nur, wenn du gehen willst. Ich habe dir gesagt: Mach, was du willst.«

»Hat dich was gestört? Irgendwas an mir?«

»Aber überhaupt nicht«, sagte sie und versuchte zu lächeln.

»Bist du krank, müde oder etwas in der Art?«

»Kann sein. Vielleicht ist es doch besser, wenn du gehst.«

»Also gut. Ich gehe, aber du versprichst mir, morgen nicht mehr so komisch zu sein. Ich weiß, das klingt jetzt wieder merkwürdig.«

»Oh, das ist egal«, antwortete sie. »Ich verstehe schon.«

»Gut. Das ist schön«, sagte er.

Er stand wieder auf, knöpfte sein Jackett zu und ging zur Tür. Er trat in den Flur, zog hinter sich zu, drehte sich aber, kurz bevor die Tür ins Schloss fiel, noch einmal um und blickte durch den Türspalt. Irene hatte sich nach hinten fallen lassen, ihr Gesicht in die Überdecke gedrückt, und weinte.

Er ging ins Zimmer zurück, schloss die Tür und trat ans Bett. Ihr ganzer Körper bebte, von heftigen Schluchzern geschüttelt.

»Du weinst ja«, stellte er fest.

Sie antwortete nicht und weinte in dieser unbequem verdrehten Haltung weiter, das Gesicht in die Decke gedrückt, die Hände vors Gesicht gepresst. Ihr Kleid gab die Knie und ein Stück ihres Oberschenkels frei.

»Irene«, sagte er. »Begreif doch, dass ich so nicht gehen kann … Irene!«

Er setzte sich neben sie und versuchte, ihre Hände vom Gesicht zu lösen, aber sie wehrte sich, und er ließ von ihr ab.

»Sag mir doch, was du hast, Irene … Ich weiß, es ist schwer, darüber zu reden, aber niemand weint einfach so, ohne Grund. Ich habe dir Unrecht getan. Ich verhalte mich ungeschickt. Ich rede mal so, mal so. Ich habe immer wieder bizarre Einfälle. Bizarr, ja, meinetwegen. Ich habe mich damit abgefunden, mach mir keine Gedanken mehr darüber. Wenn man immer alles ernst nehmen würde, was einem so durch den Kopf geht …«

Er wandte sich zum Fußende des Bettes und setzte sich direkt neben ihren Kopf, fast auf ihre Haare.

»Was denkst du gerade?«, fragte er.

Er strich ihr über die Haare. Dann schob er die Hand durch den Halsausschnitt und ließ sie unter dem Stoff weit den Rücken hinuntergleiten. Aber sie machte nicht einmal Anstalten, ihn abzuweisen, und er zog seine Hand zurück.

»Ist es, weil ich gesagt habe, du bist schön?«

»Du bist verrückt!«, sagte sie, ohne ihre Lage zu verändern.

Er lachte.

»Ich meine die Art, in der ich das gesagt habe. Es gibt Dinge, die will man sagen, aber man formuliert sie so, dass man sich hinterher fragt, ob man das auch gedacht hat. Nicht wahr?«

»Weißt du was, Michel?«, sagte sie, zog die Beine an, hielt aber weiter ihre Hände vors Gesicht. »Verschwinde einfach und komm morgen wieder.«

Er beugte sich über sie und versuchte, ihr ins Gesicht zu sehen.

»Lass das und verschwinde«, wiederholte sie heftiger. »Sieh mich nicht an. Du merkst doch, dass ich ganz verheult bin.«

Er stand auf und wandte sich zur Badezimmertür.

»Ich trinke nur noch ein Glas Wasser«, sagte er.

Er schaltete das Badezimmerlicht an und stützte sich auf den Rand des Waschbeckens. Im Schein der hoch angebrachten Wandlampe wirkte das Spiegelbild seines Gesichts kantig und fahl. Er fuhr mit dem Zeigefinger über Nase und Lippen bis zur Kinnlinie. »Ja«, sagte er und versuchte zu lachen. Durch die offene Tür konnte er sehen, dass Irene ihre Beine nun wieder ausgestreckt hatte. Dabei hatte sie die himmelblaue Überdecke verschoben und ein Stück Laken freigelegt. Eine ihrer Sandalen berührte das Kopfkissen.

Er ließ ungefähr eine Minute lang das Wasser laufen, dann füllte er ein Zahnputzglas, trank einen Schluck und schüttete den Rest ins Waschbecken. Er schaltete das Licht aus und trat wieder ins Zimmer.

»Also dann«, sagte er. »Bis morgen.«

Aber er ging nicht sofort, sondern blieb abermals mitten im Zimmer stehen, den Blick unverwandt auf den inzwischen ruhig gewordenen Körper gerichtet, auf die wild durcheinander gewirbelten schwarzen Haare. Sie weint, dachte er nur. Er hörte die Geräusche seines Atems und weit entfernt, hinter den nachtschwarzen Fenstern, das Rauschen des Windes und die Motoren einzelner Autos auf der Landstraße. Sie weint. Er starrte auf den gekrümmten Rücken. Die Schulterblätter zeichneten sich deutlich unter dem marineblauen Stoff ab, der fast so dunkel war wie ihre Haare. Der Saum des Kleides war verknittert und gab den Blick auf ihre Beine frei, die prallen Schenkel einer schon reiferen Frau. Er wandte sich ab und ging.

Zweites Kapitel

Morgendliche Gedanken

1 Lachend hatte sie den Kopf gehoben und versucht, ihn über den oberen Holm des gelb-rot gestreiften Liegestuhls hinweg anzusehen. Er spürte ihren Blick, der ihn suchte, spürte, wie er an seinem Jackett, auf Höhe der Reversspitzen unterhalb der Schulter hängen blieb. Er hatte darauf gewartet, dass sie sagen würde: »Michel. Komm doch. Michel? Was machst du da?«

Von oben und verkehrt herum betrachtet, waren ihre Züge hässlich, das ausdruckslose Gesicht einer Frau, die in einem Geschäft darauf wartet, bedient zu werden – abgestumpft und alt. Quer über die Stirn liefen, sobald sie die Brauen hochzog, zahlreiche Falten. Auch entlang der Augen, der gepuderten weich geschwungenen Nase, auf die das ganze Gesicht zuzulaufen schien, zeigten sich tausend winzige Furchen. Plötzlich dachte er, ›Ich hasse sie!‹

»Setz dich, Michel. Steh doch nicht wie ein Ölgötze hier rum. Seit einer halben Stunde geht das schon so. Bei dir dauert immer alles so lange. Du bist wirklich unglaublich langsam«, hatte sie gesagt. Mit einem Lächeln bot sie ihm ihre Lippen dar, so als ob sie sicher wäre, dass er sich zu ihr herunterbeugen, sie küssen oder ihre Wange zart mit seinen Fingern streicheln oder, wie sie, wenigstens lächeln würde. Aber nichts von alldem war geschehen. Er hatte so getan, als nehme er sie beim Wort, hatte sich umgedreht und einen Gartenstuhl geholt. ›Ich hasse sie‹, dachte er dabei. ›Ich hasse sie.‹

Er hatte sich lachend zu ihr umgewandt, wie um seine Gedanken Lügen zu strafen, diese absurden Hassgedanken, die sofort seine Hände feucht und seine Stimme rau, fast bellend werden ließen. Er spürte den Druck in der Brust, knapp unterhalb des Adamsapfels. Am liebsten wäre er regungslos irgendwo stehen geblieben und hätte sich in die Betrachtung eines Musters oder eines heruntergefallenen Blattes vertieft. Einem Mann, der einfach nur dasteht und vor sich hinstarrt, kann nichts auf der Welt etwas anhaben. Aber er war dann doch, lächelnd und mit scheinbar kindlicher Unbeschwertheit im Blick, zu ihr zurückgegangen und hatte den Gartenstuhl neben sie gestellt. Er hatte sie flüchtig gestreichelt, sie knapp unterhalb des Jochbeins, dicht am Nasenflügel geküsst und gelacht.

»Meine Güte«, sagte sie. »Heute bist du es aber, der alles dramatisiert.«

Wieder hatte sie gelacht. Er hatte das Lachen erwidert, weil er wusste, wie Recht sie damit hatte, dass er heute eine lächerliche Figur abgab, sogar eine wesentlich lächerlichere, als sie vermutete. Sie fühlte das instinktiv, weil sie sich selbst oft genug lächerlich aufgeführt hatte. Er lachte mit, weil er sich im Unrecht fühlte und den Drang verspürte, sich darüber lustig zu machen. Er lachte, um diesen Kloß im Hals loszuwerden, seinen Hass, dieses beklemmende und gleichzeitig doch erlösend sanfte Gefühl wie kurz vor einer Ohnmacht.

›Ich hasse sie auf den Tod, mir ist sterbenselend, aber ich hasse sie auf den Tod. Genau in diesem Augenblick ist das eine unumstößliche Tatsache. Eigentlich hätte ich allen Grund zu lachen, aber ich hasse sie. Eigentlich hätte ich allen Grund, sie zu lieben, aber ich hasse sie. Eigentlich hätte ich … Hass ist wie ein Fettfleck, mit dem du die Seiten eines Buches verschandelt hast: Du schließt das Buch und gehst zu anderen Dingen über. Aber irgendetwas zwingt dich, das Buch erneut in die Hand zu nehmen, die fleckige Seite aufzuschlagen. Du siehst dir den Fleck genauer an, hältst ihn gegen das Licht, setzt dich an den Schreibtisch und starrst in das Buch, bis du nur noch einzelne zusammenhanglose Buchstaben vor dir siehst. Und da passiert es: Du nimmst den Fettfleck zwischen Daumen und Zeigefinger, reibst, ziehst ein wenig, das Papier reißt und der Fettfleck ist weg. – Aber das stimmt ja alles nicht‹, dachte Michel. ›Man nimmt normalerweise Alkohol oder was gerade zur Hand ist, um den Fleck zu behandeln, aber man geht meist zu hastig vor und verreibt den Fleck. Selbst wenn man sorgfältig arbeitet, müht man sich eine geschlagene Stunde ab, und der Fettfleck breitet sich über die ganze Seite aus. Aber Hass ist kein Fettfleck, sondern etwas viel Verstörenderes, er ist gleichzeitig von unglaublicher Härte und doch sanft. Mal erleichtert dieser Hass, mal sieht man alles nur noch mit hartem, heimtückischem Blick, weil man sich zu schwach fühlt, den Hass in seiner ganzen Härte auszuhalten, weil man sich zu schwach fühlt, an ihn zu glauben. Man glaubt nicht an den Hass und zögert. Man hasst sich, weil man zögert, weil man nicht an seinen Hass glaubt. Man hasst sich und ist plötzlich nur noch darauf fixiert, dass der störende, überflüssige Fleck verschwinden muss. Was denke ich da für einen Unsinn‹, dachte Michel, ›am Ende glaube ich das alles auch noch!‹

Sie hatte gesagt, »heute bist du es, der alles dramatisiert.« Dann hatte sie von etwas anderem gesprochen. Er sah es noch vor sich, wie er hinter dem Gartenstuhl stehen geblieben war und in eine Baumkrone gestarrt hatte, unter sich, blass im grellen Sonnenlicht, ihre übereinander geschlagenen Beine, die dadurch unförmig und hässlich wirkten. Das marineblaue Kleid unterstrich ihren strengen und gelangweilten Gesamteindruck. Wenn sie lachte, lachte sie wie ein kleines Kind, nicht wie ein junges Mädchen. Eine Frau, die manchmal an ein kleines Kind erinnert, was sie aber keineswegs jünger wirken ließ.

Er hatte sich absichtlich hinter den Stuhl gestellt, weil er sie nicht ansehen wollte. Andernfalls, das wusste er, hätte er angefangen, ihre Beine mit der feinen, leicht unregelmäßigen Haut zu mustern oder ihr Gesicht, oder das, was von den Oberschenkeln unter ihrem dunklen Kleid zu sehen war, oder einen Punkt in ihrem Gesicht, einen Leberfleck, eine winzige Falte, Details, die man gar nicht sehen konnte, von denen er aber genau wusste, wo sie sich befanden, und die sich für ihn so deutlich abzeichneten wie die Schatten unter ihren schwarz umrandeten Augen, die ihrem Blick etwas Trauriges, Gefühlvolles verliehen – ›gefühlvoll und gleichzeitig streng‹, dachte er. ›Ich hasse sie‹ – wie die eher runde Nase, die sie immer kraus zog, wenn sie sprach, diese Nase, auf die das ganze Gesicht hinzulaufen schien.

Er hatte sich schließlich neben sie gesetzt, weil er dachte, dass es besser sei, neben ihr zu sitzen, mit ihr zu reden und wenigstens zu versuchen, über alles zu lachen. Er hatte beschlossen, Doktor Roby telefonisch Bescheid zu geben, dass er doch bei Irene zu Abend essen würde. Sie schien heute unbedingt darauf zu bestehen, und es wäre ihr sicher merkwürdig vorgekommen, wenn er sich geweigert hätte. Es war besser, zu bleiben. Er würde alles tun, was sie von ihm verlangte, selbst wenn es ihm völlig gleichgültig war. Er würde so lange wie möglich dableiben, vielleicht sogar über Nacht. Es war nicht besonders schwer, dafür zu sorgen, dass ihre Mutter nichts davon mitbekam. Was die Robys anbelangte, sollten die doch denken, was sie wollten. Er musste lachen.

»Nein, ich dramatisiere nichts«, sagte er, als hätte er nicht gehört, was sie gerade eben gesagt hatte. »Es ist eher so, dass es mir an Ernsthaftigkeit mangelt. Ich bin heute entsetzlich antriebsschwach. Ich werde, glaube ich, den Rest meines Lebens in diesem Gartenstuhl verbringen.«

»Also bleiben wir hier?«, fragte Irene.

»Sagen wir mal: ja.«

»Was heißt hier, ›sagen wir mal‹? Michel! Das ergibt keinen Sinn. Ständig widersprichst du dir. Du hast schlechte Laune, lachst aber trotzdem und küsst mich dabei«, fügte sie lächelnd hinzu. »Dagegen habe ich natürlich nichts. Aber ich würde doch gern wissen, was in dir vorgeht. Du benimmst dich heute reichlich merkwürdig.«

Sie richtete sich in ihrem Liegestuhl auf, setzte die Füße auf den Boden und legte ihm die Hand aufs Knie.

»Sag schon.«

›Ich hasse sie. Sie glaubt, ich hätte wegen ihr abgesagt. Sie glaubt, dass ich ihr gerne nachgebe und dass ich bleibe, um ihr einen Gefallen zu tun, obwohl sie genau weiß, dass ich … Sie nimmt mich absichtlich beim Wort, obwohl sie genau weiß, dass ich Unsinn rede, obwohl sie das genau weiß … Sie weiß genau, dass ich heute nicht normal bin, dass es überflüssig ist, mich zu …‹

»Nun sag schon«, wiederholte sie. »Michel?«

»Ich glaube, man muss das Problem von zwei Seiten betrachten – wobei Problem ein großes Wort ist. Es gibt Argumente für die Fahrt und dagegen: einerseits, die Robys, deine Mutter. Aber was die darüber denken könnten, ist ja wohl nicht entscheidend. Das ist für uns nichts Neues. Andererseits ist da die Fahrt selbst mit all ihren Unannehmlichkeiten, die Albernheiten der Kinder. Es kann natürlich sein, dass wir vier wunderbare Tage da verbringen. Aber ich muss zugeben, dass ich nicht wirklich Lust darauf habe, wie ich jetzt merke. Vielleicht habe ich mich deshalb vorhin über mich selbst geärgert. Ich war mir noch nicht darüber im Klaren, dass ich die Aussicht auf die Reise nicht wirklich verlockend finde.«

»Und was heißt das jetzt wieder?«, fragte sie lachend.

»Folgendes: Hast du Lust hinzufahren? Weißt du, was ich meine? Findest du die Vorstellung verlockend? Macht es dir Spaß, darüber nachzudenken? Kannst du dir vorstellen, wie es da sein wird?«

»Ich verstehe, was du meinst. Ehrlich gesagt: Nein, das kann ich nicht.«

»Gut. Siehst du. Dass mir das eben aufgefallen ist, erleichtert mich. Andernfalls hätte ich noch länger drüber nachgedacht oder am Ende sogar eine Münze entscheiden lassen. Ich glaube zwar noch nicht wirklich an das, was ich gerade sage …«

»Sag mal, Michel! Du fängst doch nicht schon wieder von vorne an?«

»Nein, nein. Es ist entschieden. Aber ich kann doch wohl – ich weiß nicht, wie ich das sagen soll – nicht: mich rechtfertigen – das nützt ohnehin nichts – aber … Was ist denn? Ich darf das doch wohl sagen.«

»Und was heißt das jetzt?«

»Ich meine doch bloß, dass alles, was ich gerade gesagt habe, mich noch nicht restlos überzeugt. Es passiert doch ziemlich oft, dass man irgendetwas, zum Beispiel so eine Reise, nicht machen will, und hinterher ist man froh, wenn man sich doch dazu hat überreden lassen. Aber das beweist natürlich gar nichts.«

»Allerdings«, sagte Irene. »Das fehlt gerade noch!«

»Zumal wir dieses Mal nichts Außergewöhnliches von der Fahrt zu erwarten haben. Außer vielleicht …«

»Du bist entsetzlich!«, rief sie aus.

Er lachte. »Du merkst nicht einmal, dass ich das alles absichtlich sage. Ich wollte nur sehen, ob du …«

»Gut. Ich bin drauf reingefallen. Meinetwegen. Aber wir bleiben hier und lassen den Kindergarten unter sich. Die Kombination hätte mir sowieso nicht gefallen: Naulet und die Kinder, die sind entweder zu alt oder zu jung für uns. Außerdem mag ich Leute dieses Stils nicht sonderlich, wenn man überhaupt von Stil reden kann. Ich mag sie nicht und du übrigens auch nicht, Michel«, sagte sie lachend.

»Sie sind nett«, erwiderte er. Er beobachtete sie, um zu sehen, ob sie das, was sie gesagt hatte, ernst meinte, aber sie ließ sich nichts anmerken.

»Sie sind nett«, nahm sie das Gespräch schließlich wieder auf, »so nett, dass du den ganzen Tag über sie hergezogen bist. Ich weiß nicht, warum ich das noch mal angesprochen habe. Du lachst! Du willst mich doch bloß wieder ärgern. Für mich ist die Sache jedenfalls entschieden«, sagte sie.

»Ja, es ist entschieden.«

Sie hatte auf dem hölzernen Holm ihres Liegestuhls gesessen, den Kopf auf sein Knie gelegt. Sie hatte ihn kurz angesehen und gleich den Blick gesenkt. Er sah diesen Blick noch vor sich, sanftmütig und scheu. Aber durch die Kopfhaltung wirkte dieser Blick angriffslustig und gleichzeitig vulgär. Die Wärme ihrer Wange, die er durch den Hosenstoff auf seinem Knie spürte, hatte ihn überrascht. Er hatte die Hand ausgestreckt und ganz vorsichtig seine Fingerspitzen ihren Hals emporgleiten lassen, an den Ohren vorbei bis zum Haaransatz. Dann hatte er mit beiden Händen hinter ihrem Kopf den Nacken entlanggestreichelt, bis sich die gespreizten Finger berührten. Er hatte sanft ihren Kopf gedrückt und lachend gesagt:

»Gefangen!«

Eine Hand hatte er flach auf ihrem Nacken liegen lassen, mit der anderen war er, so weit es ging, unter dem Kleid ihren Rücken hinabgeglitten, den weichen Rundungen jedes einzelnen Wirbels entlang. Er hatte die Hand gleich wieder zurückgezogen und war mit den Fingerspitzen die verschwitzte Haut ihres Halses entlanggefahren, der in dieser Haltung wie angeschwollen wirkte. Schließlich hatte er ihr Kinn ergriffen und ihren Kopf zu sich gedreht.

»Aua.« Sie hatte sich von ihm befreit.

»Tu ich dir weh?«

»Nein, wie kommst du darauf?«

Sie hatte seine Hände auf seine Knie gedrückt, damit er sie nicht an sich ziehen konnte. Dann war sie aufgestanden und hatte ihn auf den Mund geküsst.

»Wir holen uns noch Beulen«, sagte sie. »Setzen wir uns auf die Bank.«

Er hatte sie zweimal geküsst und sich ein Dutzend kleiner Küsse auf die Wange geben lassen. ›Sie wird mir jetzt sagen, dass ich zum Abendessen bleiben soll‹, hatte er gedacht und eine Art animalisches Vergnügen dabei empfunden, sich einfach mit ausgestreckten Beinen auf die Bank fallen zu lassen und dem Klang ihrer spitzen Stimme zu lauschen, die noch lange in seinen Ohren klang, als er später allein war. Er dachte nicht daran, sie anzusehen.

Erst wesentlich später hatte er wieder angefangen, sie zu beobachten, während des Abendessens zu dritt im halbdunklen Esszimmer, das nach Norden hinausging. Der bewölkte Abendhimmel färbte sich rosa. Es war schon nach halb neun. Irene hörte ihrer Mutter kaum zu. Die sprach ohnehin wenig und schien auch nicht zu erwarten, dass man ihr zuhörte. Irene hatte den Blick gesenkt und war damit beschäftigt, mit den Fingernägeln Brotkruste zu zerbröseln und die Krümel anschließend wegzuschnippen. Sie hatte ihr Haar hochgesteckt und an den Schläfen streng nach hinten gekämmt, was sie älter machte.

Er hatte bis zu diesem Moment zu seiner eigenen Verwunderung mit großer Leichtigkeit die Unterhaltung bestritten, ohne Angestrengtheit, geistreich und elegant. Er hatte gelächelt und das Gefühl gehabt, jeder, der ihm zuhöre, müsse sich diesem Lächeln anschließen. Er wusste genau, dass sie ihm nach dem Essen Dinge sagen würde wie: »Ich hatte gerade bei Tisch unglaublich Lust, dich zu küssen, Michel. So bin ich: immer wenn man es nicht soll. Aber du warst so süß! Süß? Das klingt vielleicht lächerlich. Aber was soll's. Du hattest so eine liebenswürdige Ausstrahlung – und warum auch nicht?« Als er sich diese Sätze ausdachte, musste er grinsen. Sie klangen so wahrscheinlich. Später würde er sie fragen: »Woran dachtest du gerade bei Tisch? Wetten, ich weiß es?« Und selbst wenn er sich irrte, wäre die Antwort ein guter Vorwand, sie zu küssen. Am liebsten hätte er sie das sofort gefragt, um den Gedanken nicht wieder zu vergessen. Aber sie begriff sicherlich auch, dass seine aufgesetzte Heiterkeit in erster Linie ihrer Mutter galt. Es ist eine Frage der Höflichkeit, sich auf diese scherzhafte Art zu unterhalten, wenn man als Paar mit einer dritten Person zusammen ist – zu zweit wäre es lächerlich. Zu viert ist es wieder anders. Aber Madame Luzières achtete nicht auf so etwas. Unter normalen Umständen hätte er sie als störend oder sogar nervtötend empfunden. Aber während dieser halben Stunde fühlte er sich für Augenblicke von seiner merkwürdigen Laune erlöst, von dieser fixen Hassidee, die ihn noch kurz zuvor im brütend heißen Garten wie ein unstillbarer Juckreiz befallen hatte, als die Sonne scharf gestochene Schattenflecken auf den Kies geworfen hatte und Irenes füllige Beine in diesem hellen Licht auf einmal so unförmig ausgesehen hatten, ihre Stupsnase faltig und ein wenig zu dick. Er beobachtete sie, wie sie ein Stück gegrilltes Fleisch auf die Gabel spießte und mit dem Ernst einer Milch trinkenden Katze oder eines Wasser nippenden Vogels in den Mund steckte. Er dachte: ›Ja, so ist sie. Und wenn sie trinkt, legt sie ihren Kopf nach hinten wie ein Vogel.‹ Er lachte, nahm die Karaffe und füllte Irenes Glas nach.

»Danke, das ist genug, Michel. Ich habe keinen Durst.«

»Aber ich«, sagte er. »Und ich trinke nicht gern alleine.«

»Bedienen Sie sich ruhig, Michel«, sagte Madame Luzières.

»Danke. Mein Teller ist noch voll«, sagte er.

»Das liegt daran, dass Irene und ich Sie mit unseren Fragen nicht zum Essen kommen lassen.«

»Das stimmt«, sagte Irene, »Du redest die ganze Zeit.

Nachher trifft uns die Schuld, wenn du an Auszehrung zugrunde gehst.«

»Das wäre eine üble Beleidigung für dieses überaus schmackhafte Mahl«, sagte er und wandte sich dabei an Madame Luzières.

Sie lächelte. »Sie übertreiben, Michel. Ich wette, Sie wissen nicht einmal genau, was Sie da gerade auf dem Teller haben.«

»Reiskroketten. Man nehme zwei Eigelb, eine Messerspitze Salz …«

Sie lachte laut auf. »So, fürchte ich, wird das nichts, Michel. Was machen Sie denn mit dem Eiweiß?«

»Tja, das Eiweiß …«

»Geben Sie zu: Sie haben keine Ahnung«, sagte sie. »Aber immerhin wissen Sie, dass es Reiskroketten sind, das ist schon mal ein Anfang. Mehr verlange ich ja gar nicht.«

»Ich wette mit Ihnen, dass ich Reiskroketten zubereiten könnte.«

»Aha«, sagte Irene.

»Da Sie das Rezept schon kennen, müssen Sie's uns nur noch vorführen«, sagte Madame Luzières.

»Gut, wenn Sie wollen. Ich glaube, uns beiden würde das sehr viel Spaß machen«, sagte er lachend und blickte zu Irene.

»Michel, Michel«, sagte Irene kopfschüttelnd. »Er ist wirklich schrecklich, Mama. Wenn er etwas mag …!«

»Sie wissen die guten Dinge zu schätzen. Habe ich Recht, Michel?«

»Genau. Aber deshalb habe ich auch Bedenken, dass ich

meine eigenen Reiskroketten schätzen würde. Wenn Sie allerdings darauf bestehen, nehme ich auch diese Herausforderung gerne an. Irene, sag jetzt nichts!«

»Was sich liebt, das neckt sich«, sagte Madame Luzières lächelnd und läutete.

Das Dienstmädchen kam, um die Teller abzuräumen. Sie war groß und üppig, eine ländliche Erscheinung. Als sie sich vorbeugte, um seinen Teller abzudecken, strich sie mit ihrer Bluse an seinem Ohr entlang. Ihr nackter, muskulöser Arm schwebte kurz vor seinem Gesicht. Madame Luzières flüsterte ihr etwas ins Ohr und erhob sich.

»Entschuldigt mich bitte einen Augenblick«, sagte sie und folgte dem Dienstmädchen in die Küche.

Sie schwiegen beide. Er betrachtete die einfarbig graue Tapete, auf der sich waagerecht der Schatten des Buffets abzeichnete, dann warf er einen Blick zu Irene hinüber. Sie hatte den Kopf zur Tür gedreht. In der fortgeschrittenen Dämmerung konnte er nicht mehr erkennen, wohin sie sah, aber er war überzeugt, dass sie ins Leere starrte.

Er unterließ es, sie »woran denkst du?« zu fragen. Vermutlich achtete sie auf die Geräusche aus der Küche und versuchte, dem Gespräch ihrer Mutter mit dem Dienstmädchen zu folgen. Er senkte den Blick und blieb einige Sekunden regungslos sitzen, spürte aber, dass Irene ihn währenddessen beobachtete und es nicht wagte, ihn anzusprechen. Madame Luzières war inzwischen wieder eingetreten, gefolgt vom Dienstmädchen, das den Nachtisch hereinbrachte.

»Eine weitere schwere Prüfung«, sagte Michel.

»Wie bitte? Ach so, ja, allerdings«, sagte Madame Luzières lachend.

»Ah. Ich rieche Pflaumen und Butter. Die ist wohl in dem Blätterteig.«

»Sehr gut! Ein Punkt für Sie«, sagte sie. Irene wirkte abwesend. Sie hielt den Kopf gesenkt und zerteilte wieder Brotkrümel mit dem Fingernagel, die sie anschließend vor sich über den Tisch schnippte. Sie hörte ganz offensichtlich nicht zu. Das graue und rosa Abendlicht glättete ihre Züge. Obwohl sie ihr Haar so streng zurechtgemacht hatte, wirkte sie auf einmal sehr jung. Sie blickte kurz auf, senkte den Kopf aber gleich wieder, als sich ihre Blicke trafen. Sie war sehr schön. Er erinnerte sich an einen Satz, den er ihr bei anderer Gelegenheit hatte sagen wollen. ›Gerade in diesem Augenblick warst du so schön, schöner als alles, was man sich vorstellen kann.‹ Aber er wusste, dass der sanfte und entspannte Ausdruck ihres Gesichts einzig dem Abendlicht zuzuschreiben war.

›Eigentlich ist sie absolut nichtssagend‹, dachte er, ›aber man ist eben nicht immer man selbst.‹

Als Madame Luzières aufgestanden war, um das Licht anzuschalten, hatte er sogar so etwas wie Erleichterung verspürt. Irene hatte ihn angesehen, und er hatte den Blick schnell von ihr abwenden müssen.

»Bedient euch, wartet nicht auf mich«, sagte Madame Luzières.

Irene nahm sich ein Stück des Strudels und biss hinein.

›Es stimmt schon‹, dachte er, ›sie sieht nach nichts aus. Andererseits sieht jeder unter bestimmten Umständen banal und nichtssagend aus.‹ Ihm war eingefallen, dass er sich, mit dreizehn oder vierzehn Jahren, in einem Alter jedenfalls, in dem die Gesichtszüge noch nicht endgültig festgelegt zu sein scheinen, gerne beim schwachen Licht seiner Leselampe im Spiegel betrachtet hatte, fast im Gegenlicht. Er hatte sich in dieser Verfremdung gefallen. Alle anderen Jungen, alle anderen Leute überhaupt hatten ein ganz bestimmtes Aussehen, eine ganz charakteristische Ausstrahlung, an der man sie wiedererkannte. Vergeblich hatte er eine solche Ausstrahlung bei sich gesucht, dann hatte er festgestellt, dass sich sein Aussehen wie das Wetter von Stunde zu Stunde änderte. ›Manchmal sehe ich schön aus, manchmal eben hässlich‹, hatte er damals gedacht. ›Aber ich habe keine besondere Ausstrahlung.‹ Er hatte sich mit diesem Unterschied abgefunden, so wie man eine körperliche Besonderheit hinnimmt, gegen die man machtlos ist: Sein Aussehen hatte nichts Charakteristisches.

›Aber wie ist das jetzt mit ihr? Es stimmt natürlich: Ich kenne sie einfach zu gut. Sie ist nicht anders als andere. Es gibt Lichtverhältnisse, die für sie vorteilhaft, andere, die unvorteilhaft sind. Und sie hat wahrscheinlich doch eine Ausstrahlung, ein charakteristisches Aussehen, das ich nur nicht mehr wahrnehme, weil ich sie zu gut kenne; ich kenne mich zu gut, um das an ihr wahrzunehmen; ich kenne sie zu gut, um das an ihr wahrzunehmen; ich liebe sie zu sehr, um das …‹ Er war sich durchaus bewusst, dass diese Gedanken zu seinen eigentlichen Gefühlen im Gegensatz standen. Er wusste nur zu gut, wer sie jenseits der raren Momente abstrakter Schönheit war. Aber genau deshalb, weil er sich nicht eingestehen wollte, was sie gewöhnlich ausmachte, versuchte er sich einzureden, sie habe keine Ausstrahlung und er könne sie nicht unvoreingenommen betrachten wie jede beliebige andere Frau …

›Wenn ich nicht bei ihr bin‹, dachte er weiter, ›versagt meine Vorstellungskraft. Es gelingt mir nie, mir auch nur ihren Gesichtsausdruck in Erinnerung zu rufen. Sie hat einfach keinen Ausdruck. Im Gegensatz dazu sehe ich zum Beispiel in diesem Augenblick Claires Gesichtsausdruck sehr deutlich vor mir. Claire, wie sie lacht, die schöne Claire. Das nur als Beispiel, das mir gerade so einfällt. Ich hätte genauso gut an das hübsche Mädchen von gestern oder an Christiane denken können. Sie dagegen hat einfach keinen eigenen Ausdruck‹, sagte er sich, inzwischen absolut davon überzeugt, dass diese Ausdruckslosigkeit ihr wahrer Ausdruck war, der sich gleich zeigen würde, wenn sie anfangen würde zu sprechen, wenn sich das Gesicht mit der hellen, fleischigen Nase zu bewegen begänne. Jene spezielle, stumpfe Ausdruckslosigkeit, die ihr Gesicht im Garten angenommen hatte, als sie ihn von unten herauf aus ihrem Liegestuhl angesehen hatte. In jenem Moment hatte er gedacht: ›Ich hasse sie. Ihr Gesicht ist absolut ausdruckslos.‹ Jetzt dachte er: ›Es ist genau anders herum. Es ist ganz charakteristisch für sie, wenn sie in dieser gelangweilten und trotzigen Art in den Blätterteig beißt, mit dieser von sich selbst angeekelten Miene, die einen wahnsinnig machen kann, die ich nicht ausstehen kann, diese Miene, für die es keinen Namen gibt außer ihren eigenen. Sie ist nicht etwa eine hässliche Frau, sondern ihr charakteristischer Gesichtsausdruck ist hässlich. Trotzdem hat sie nicht das Recht, immer wieder diese Miene aufzusetzen. Sie tut das absichtlich, weil sie findet, dass diese Miene zu ihr gehört, und doch hat sie nicht das Recht dazu. Sie hat nicht das Recht dazu, diese Miene auch noch absichtlich aufzusetzen, die ohnehin viel zu selbstverständlich zu ihr gehört, weil ich an ihr eben genau das am meisten verabscheue, was selbstverständlich zu ihr gehört. Sie ist keineswegs hässlich, aber ich verabscheue diese Miene an ihr, ich verabscheue sie zutiefst. In genau diesem Augenblick liebe ich jede beliebige Frau mehr als sie. Ich hasse sie. Ich liebe alle anderen Frauen, aber sie hasse ich von ganzem Herzen. Jede andere Frau erscheint mir in diesem Augenblick schöner als sie. – Ich werde langsam verrückt‹, dachte er. ›Jeder hat doch mal Augenblicke, in denen er …‹

»Das war immer mein Lieblingskuchen«, sagte er. »Ich gebe mich geschlagen, aber die Niederlage war süß.«

Er lachte kurz auf. Irene sah ihn an, senkte aber sofort den Blick.

»Mit frischen Pflaumen aus dem Garten«, sagte er, nur um irgendetwas zu sagen.

»Mama hat den Kuchen gemacht«, sagte Irene unvermittelt.

»Wie schlau sie das wieder einfädelt«, sagte Madame Luzières. »Irene möchte doch bloß hören, dass dieser Kuchen normalerweise ihre Spezialität ist. Wussten Sie das nicht?«, sagte sie und wandte sich an ihn.

»Was redest du da! Ich wollte bloß darauf hinweisen, dass Raymonde hier im Haus kaum etwas zu tun hat. Und bei Michels verrückten Einfällen muss man aufpassen … Nachher denkt er noch, so ein Kuchen wächst am Baum. Hab ich Recht?«, fügte Irene lächelnd hinzu.

»Wieso sagst du so was?«, fragte Madame Luzières.

»Um irgendwas zu sagen. Ist mir gerade so durch den Kopf gegangen.« Sie lachte. »Ehrlich gesagt habe ich euch gar nicht zugehört.«

»Du bist mit deinen Gedanken immer woanders, Irene«, sagte Madame Luzières. »Nicht wahr, Michel?«

»Oh, nicht nur sie! Ich habe auch gerade nicht zugehört. Was hat sie gesagt?«, hatte er lachend erwidert.

›Da ist er wieder, dieser Ausdruck, genauso ist sie. Ich hasse sie. Es gibt keine Frau auf der Welt, die ich mehr hasse als sie, die ich hässlicher finde als sie, die ich …‹ Er versuchte sich zu erinnern, wie sie auf dem Foto ausgesehen hatte, das sie letztes Jahr nicht hatte zerreißen wollen. ›So ist es. Sie ist hässlich, aber sie gefällt sich so, sie will es so. Sie verachtet mich. Ich hasse sie, ich hasse sie seit vier Jahren. Jede Frau der Welt ist schöner als sie.‹

Er dachte: ›Jede Frau hat Momente, in denen sie hässlich aussieht. Sie aber strahlt diese Hässlichkeit jeden Bruchteil einer Sekunde aus: wenn sie sich betrachtet, wenn sie spricht, wenn sie bemerkt, dass man sie betrachtet. Sie schneidet Grimassen. Sie wirkt erschöpft … Es ist eine Art Hässlichkeit, die man normalerweise nicht wahrnimmt. Wenn eine Frau spricht, isst, trinkt, lacht, nimmt man die Verformung ihrer Züge nicht wahr. Deshalb gelten Fotos als misslungen, die einen dieser Momente abbilden. Was aber nimmt man wahr? Man nimmt ihre Ausstrahlung wahr, dieses schwer zu durchdringende gewisse Etwas, das uns lächeln lässt, wenn wir eine Frau ansprechen, selbst wenn sie nicht besonders schön ist. Um ein Beispiel zu nehmen: Ich habe ein eher undeutliches Bild von Claires Gesichtszügen, aber ich nehme dieses gewisse Etwas an ihr wahr. Ich weiß, sie hat braune Augen, eine fein geschwungene Nase, fast eine Stupsnase. Ich habe gestern darauf geachtet, aber ich könnte niemals den genauen Abstand zwischen Auge und Nase bestimmen. Bei ihr dagegen kenne ich alle Details und nehme doch nichts an ihr wahr. Vielleicht war das früher anders … – Aber andererseits stimmt das gar nicht: Ich nehme genau wahr, was sie ausmacht. Ich sträube mich nur gegen das Offensichtliche. Ich nehme ihre spezielle Ausstrahlung ganz genau wahr, wenn ich an sie denke. Sofort habe ich diesen speziellen Gesichtsausdruck vor Augen, den ich an ihr hasse, ihren Ausdruck.‹

Er hatte das gedacht, während Madame Luzières weiter in vorwurfsvollem Ton mit Irene sprach. Irenes Gesichtsausdruck war absolut neutral, weder schön noch hässlich. Ihr Gesicht wirkte härter im Licht des Kronleuchters. Er betrachtete die kleine belebte Fläche ihres Gesichts. Die Nase war vielleicht etwas zu dick, aber nicht hässlicher als andere Nasen. Auch die Falten und Grübchen in ihrem Gesicht, die entstehen, wenn man spricht, hatten einfach nichts, aber auch gar nichts zu bedeuten. ›Ich verstehe jetzt, wie man sich in eine beliebige Frau verlieben kann, so wie man manchmal mit einer beliebigen schlafen kann. Meine Wahl fiel auf sie, aber es hätte genauso gut jede andere sein können. Liebe ist Gewöhnungssache, nicht etwa eine Frage der richtigen Wahl: als würde man jemals wählen. Alle sagen, dass ich sie liebe, alle wollen das – inzwischen zumindest. Es stimmt wahrscheinlich, dass ich sie liebe.‹ Aber er wusste, dass diese Sätze, die ihm durch den Kopf gingen, nicht seine eigentlichen Gedanken waren. Seine Gedanken kreisten um die insgeheim bereits getroffene Entscheidung, die ihn dazu brachte, sie schräg aus den Augenwinkeln zu beobachten und auf den Gesichtsausdruck zu lauern, den er am meisten an ihr hasste. ›Sie ist genauso gut oder schlecht wie jede andere‹, hatte er sich einzureden versucht, aber sein eigentlicher Gedanke war: ›Jede andere ist genauso gut oder schlecht wie sie, aber ich ziehe ihr jede andere Frau vor, die genauso hübsch ist. Das ist es. Wenn ich sie nicht bereits lieben würde, sondern erneut zu wählen hätte, dann würde mir jede andere besser gefallen.‹ Er hatte auf einmal wieder an das Foto gedacht und an den Streit, der letztes Jahr fast entbrannt wäre, als sie sich geweigert hatte, es zu zerreißen. ›Sie mag sich so, wie sie ist! Und sie glaubt, dass sie mir so gefällt!‹ Er hatte gedacht, ›ich hasse sie. Jawohl, ich hasse sie wirklich!

Sie betrachtet sich im Spiegel. Sie findet ihre Nase zu dick, ihre Haut gealtert. Sie entdeckt Falten, und das missfällt ihr, aber nur deshalb, weil sie sich liebt. Sie liebt sich so, wie sie aussehen müsste, wenn ihre Züge etwas gleichmäßiger und ohne Makel wären, wenn sie nicht altern würde.

Ich kann nicht einmal mit Sicherheit sagen, dass sie mich liebt. Und selbst wenn: Was würde das schon beweisen? Sie hätte jeden beliebigen anderen auch lieben können, so wie ich andere Frauen geliebt habe, sie jedoch mit größerer Berechtigung – schließlich ist sie schon eine erwachsene Frau. Eins ist allerdings sicher: Sie war nie die Frau meiner Träume. Als ich jünger war, versuchte ich, wie jeder andere auch, mir die ideale Frau vorzustellen. Es gibt einen bestimmten Typ Frauen, den ich bevorzuge, einen Typ übrigens, der recht gewöhnlich und verbreitet ist. Christiane gehörte dazu. Ihr gegenüber habe ich nie diesen merkwürdigen Hass verspürt, mit dem ich Irene betrachte, was ihr sicherlich nicht entgeht. Ich hasse sie, weil ich sie nicht liebe. Denn so ist es: Ich liebe sie nicht mehr.‹ Er hatte gedacht: ›Ja. Ich hasse sie.‹

Er hatte nicht mehr geglaubt, dass diese Stimmung noch einmal umschlagen könnte, dass er nur aufstehen müsste, um sie nicht länger schräg anzusehen, dass ein Blick von ihr alles in Luft auflösen würde, dass seine Liebe wiederkehren, in ihm wie die Flut aufsteigen und seine vom Lächeln verkrampften Gesichtszüge jemals wieder entspannen könnte. Er hatte nicht geglaubt, dass er noch einmal mit ihr oder über das, was sie sagte, würde lachen können. Er starrte auf einen Punkt irgendwo an der Wand, ohne sich dessen bewusst zu sein, denn vor seinem inneren Auge sah er das Foto. Aber er sah nur ein kleines schwarz-weißes Viereck und irgendwo darin jenen Gesichtsausdruck, von dem er wusste, dass sie ihn auf diesem Foto gehabt hatte, jene besondere Ausstrahlung, die man nicht sieht, sondern spürt, und die er hasste. ›Ich muss sie unbedingt um dieses Foto bitten‹, dachte er. ›Ich muss es noch einmal sehen. Ich werde es mir noch einmal ansehen, es genau betrachten, um mir zu beweisen, dass ich sie hasse.‹

Er glaubte nicht mehr daran, dass sich diese Stimmung in Luft auflösen, sondern dass er sie bis zur Neige auskosten und schließlich sehen würde, ja, was sehen würde? Was genau? ›Ich werde nichts anderes sehen als diesen Ausdruck, den ich mehr als alles andere auf der Welt hasse: ihren Ausdruck. Man kann es nicht anders sagen. Es ist eine Tatsache, und ich kann nichts dagegen ausrichten.‹ Er hatte sich eingeredet: ›Es ist eine Tatsache.‹ Und er hatte gespürt, dass er, wenn er jetzt allein bei sich zu Hause gewesen wäre, einfach regungslos sitzen geblieben wäre, den Mund leicht geöffnet, mit starrem Blick, hängenden Armen, wie wenn man etwas höchst Unerfreuliches erfährt und es nicht glauben will. Oder genauer gesagt: Wenn man absolut sicher ist, etwas Schwerwiegendes vergessen zu haben, und das nicht zugeben will oder nicht zugeben kann. Zu Hause wäre er jetzt zu dem Umschlag geeilt, in dem er Fotos von ihr aufbewahrte, und hätte sie alle auf dem Tisch ausgebreitet, auch die misslungenen, hässlichen. Er hätte sie betrachtet, ganz genau, hätte sie in alle Richtungen gedreht und gewendet und dabei die Augen zugekniffen. Aber er hätte nichts gefunden, absolut nichts. Vielleicht wäre er dann zu ihr gegangen, hätte sie gebeten, ihm das Foto zu zeigen, das sie nicht hatte zerreißen wollen. Er hätte es angesehen und zweifellos hätte er auch da nichts gefunden.

Er hatte sich eingeredet: ›Ich werde es tun, es wird zwar nichts nützen, aber ich werde es tun, werde es tun, wenn ich allein bin, weit weg von ihr und allein, weit weg von diesem Zimmer, von dieser Frau, die ich nur zufällig getroffen habe, zufällig geliebt habe, die mich nur deshalb liebt, weil ich sie geliebt habe, weit weg von dieser Frau, der ich inzwischen, nein, der ich immer schon jede andere Frau vorgezogen habe, weit weg von dieser Frau, die mir nichts mehr bedeutet und der ich besser nichts bedeuten sollte.‹ Und er hatte sich auf einmal genauso einsam gefühlt wie zu der Zeit, als er sie noch nicht gekannt hatte. Einsam und stolz darauf, einsam zu sein. Stolz und frei.

›Ich bin verrückt‹, dachte er. ›Ich denke nicht, was ich denke.‹

2

»Sie muss auf ihrem Zimmer sein«, sagte Madame Luzières. »Irene«, rief sie, »Michel ist da.«

»Er soll raufkommen.«

Michel überquerte die Terrasse und stieg die Treppe empor. Sie saß mit dem Rücken zur Tür an ihrem Tisch. Sie ließ ihn herankommen, ohne ihn anzusehen. Er legte seine Hand auf ihre Schulter.

»Du liest?«, fragte er.

»Oh nein, ich habe bloß was nachgeschlagen.«

»Du hast in einem Buch bloß was nachgeschlagen, das heißt, du hast vermutlich darin gelesen.« Er lachte ziemlich laut. »Was ist es denn? Das ist ja ein Kochbuch.«

Sie hob den Kopf und lächelte ihn an. »Ich musste plötzlich daran denken, weißt du? An das, was du gestern Abend gesagt hast. Und da wollte ich nachsehen.«

»Und was?«

»Nichts. Mir ist was eingefallen. Ist nicht wichtig.«

Ihre Augen waren geschwollen und rot unterlaufen. Ihre Nase wirkte unter der viel zu hellen Puderschicht riesig.

»Geht es um Reiskroketten?«

»Oh, nicht speziell.«

»Worum dann?«

»Nichts.«

Sie zuckte mit den Schultern: »Ich habe dieses Buch

erst vor zehn Minuten in die Hand genommen. Mama wollte, dass ich mir was ansehe. Ich habe aber nicht darin gelesen.«

»Was hast du dann gemacht?«, fragte Michel nach. Er fasste sie an den Schultern, führte sie zum Bett und zwang sie, sich neben ihn auf die Bettkante zu setzen.

»Nichts«, sagte sie. »Das sagte ich doch schon. Rein gar nichts. Küss mich.«

Er legte seine Arme um ihren Hals und zog sie mit sich aufs Bett. Vergeblich hatte sie versucht, mit einer dicken Schicht Puder die Rötung ihrer Nasen- und Augenpartie zu überdecken. Die Schminke betonte jedoch nur die geschwollenen Partien ihres Gesichts. Er strich mit seinen Lippen über ihren kalten, weichen Mund, der nach Zahnpasta roch. Sie drehte den Kopf zur Seite, schlang ihre nackten Arme um seinen Hals und drückte ihn so fest an sich, dass ihre Wangen sich berührten. Er versuchte, sich zu befreien und ihr ins Gesicht zu sehen, aber sie zog ihn nur noch heftiger an sich und zwang ihn dadurch, sein Kinn auf ihr Schlüsselbein zu legen.

»Möchtest du, dass ich so liegen bleibe?«, fragte er.

»Ja.«

Sie drückte ihn weiterhin so fest an sich, dass er nicht reden konnte, ohne Haare in den Mund zu bekommen. Er drehte den Kopf ein wenig zur Seite.

»Sehr lange?«

»Wie du willst.«

Er befreite sich rasch aus der Umarmung und setzte sich auf.

»Hör mal, Irene«, sagte er. »Wir verhalten uns kindisch. Vorgestern Abend haben wir uns gestritten. Dann haben wir das Gespräch abgebrochen, und seitdem drücken wir uns darum, das Thema noch mal anzusprechen. Fühlst du dich immer noch so …?«

Er stand auf.

»Wenn du willst, lass ich dich heute Vormittag allein und komme nachmittags wieder. Mir gefällt das nicht: Einer von uns spielt dem anderen doch etwas vor.«

Er wollte schon zu ihr gehen und seine Ausführungen fortsetzen, aber sie hatte ihr Gesicht in die Decke des ungemachten Bettes gedrückt und angefangen zu weinen. Er wandte sich zum Fenster, und für eine Weile sagten beide kein Wort.

»Sieh mal«, setzte er wieder an. »Wenn du mir etwas vorzuwerfen hast, aber nichts sagen willst, kann ich das verstehen. In dem Fall warte ich. Aber du solltest den Mut aufbringen, ehrlich zu sein. Ich weiß, du kannst das. Wahrscheinlich findest du mich furchtbar, aber wenn das so ist, muss man die Dinge beim Namen nennen. Das ist besser. Wofür gibt es Wörter, wenn nicht zum Reden? Oder bist du einfach nur müde oder krank und es ist etwas Ernstes?«

Er machte einen Schritt auf sie zu.

»Sag doch was, Irene, sag was.«

Sie murmelte etwas.

»Was sagst du?«

Sie hob den Kopf, ohne ihn anzusehen. »Ich sagte, ich werde dir das ein andermal sagen. Später.«

»Wann?«

»Später.«

Sie weinte noch heftiger.

Er ging wieder zum Fenster und sah in den Garten hinaus, der unter ihm in der Morgensonne glitzerte. Die Strahlen reichten gerade über die Baumwipfel und teilten das Grün in unregelmäßige Streifen aus Licht und Schatten. Wenn man sich hinausbeugte, spürte man noch die feuchtkühle Frische, die von der Erde des Gartenwegs aufstieg. Hinter den Ästen glänzte die weiße Fassade einer benachbarten Villa. Eine Frau beugte sich aus dem Fenster und sprach mit jemandem auf der Straße, doch die Worte waren nicht zu verstehen. Er drehte sich um.

»Was soll ich sagen, Irene? Wenn wir gerade am Anfang stünden, dann wäre es sicher besser, dich nicht zu drängen. Ich würde mich zurückziehen und einfach abwarten, und vielleicht ist das sogar das Richtige in dieser Situation. Aber eben nur vielleicht. Verstehst du? Du musst das verstehen. Wir können doch jetzt nicht mehr auf Zufälle bauen. Wir wollten offen und ehrlich miteinander umgehen, und genau deshalb bin ich böse auf dich.«

Er wiederholte: »Ja, ich bin böse auf dich.« Nach einer Pause setzte er fort: »Ich kann es selbst nicht fassen – ja, es ist wirklich zum Lachen – ich kann es nicht fassen. Genau in dem Augenblick, als ich gesagt habe, wie schön du bist. Vorgestern, hier in diesem Zimmer. Ausgerechnet in einem Augenblick … in dem Augenblick, als ich dachte, ich liebe dich …«

Er lachte. »Du bringst mich dazu, Sachen zu sagen. Ich

liebe dich natürlich jederzeit, aber es gibt Augenblicke, in denen ich nicht darüber nachdenke, ob ich dich liebe. Ich liebe dich, ohne daran zu denken. Verstehst du? Gerade jetzt in diesem Moment zum Beispiel …«

Und plötzlich hasste er sie wieder, mit dieser tauben und hartnäckigen Entschlossenheit, wie gestern, als er sie heimlich von der Seite beobachtet hatte. Er spürte, dass dieses Gefühl ihn nicht getrogen hatte, dass er nur noch Hass für sie empfand. Er hatte sich das nur nicht eingestehen wollen. Es war Hass, der ihm diese bösartigen Sätze diktierte, die aus seinem Mund hervorquollen und die sie dazu brachten, ihr Gesicht in der zerwühlten Decke zu verstecken, hemmungslos zu weinen und ihn ebenfalls zu hassen. Sie wollte ihm den Grund ihrer Tränen nur deshalb nicht nennen, weil sie das alles nicht glauben, weil sie ihn weiterhin lieben wollte. Er dachte: ›Ich hasse sie nicht aus einem bestimmten Grund, sondern weil ich mich zwingen muss, sie zu lieben, weil ich diese Verlogenheit nicht mehr aushalte, mich aber weigere, die Tatsachen anzuerkennen. Denn das ist eine Tatsache. Ich liebe sie nicht.‹ In diesem Moment wurde er sich bewusst, dass er nicht etwa deshalb im Zimmer stehen blieb, vor dieser Frau, die in Tränen aufgelöst auf dem Bett lag, weil er glaubte, dass sich die Dinge schon wieder einrenken würden, sondern um es auf die Spitze zu treiben. Er wollte die Gewissheit, dass da nichts mehr zu machen war. Wie gestern, als er sie mit diesem heimtückischen Blick beobachtet hatte, um Beweise zu finden, dass sie hässlich war, dass der Gesichtsausdruck, den er so verachtete, wirklich ihr höchst eigener war, dass es unmöglich war, sie zu lieben. Er stand da und wartete, wie einer, der am Bahnhof vergeblich auf jemanden wartet und so lange bleibt, bis auch der letzte Reisende gegangen ist. Es könnte ja doch noch sein …

›Es könnte ja doch noch sein, dass ich sie liebe‹, spottete er in Gedanken. ›Wenn ich mich schon frage, ob ich sie liebe, dann sollte ich nicht länger zögern.‹ Aber er zögerte selbst jetzt noch und blieb stehen. Noch einmal wollte er sie betrachten, ob nicht doch noch … vielleicht …

»Hör mal, Irene«, fing er wieder an. »Ich bin sicher, dass du mir etwas vorzuwerfen hast, genauso, wie du mir böse warst, als ich dich vorgestern Abend beim Wort genommen habe und gegangen bin.«

Sie setzte sich ruckartig auf und wischte sich mit der Hand über ihre geröteten Augen. »Ich habe das ernst gemeint. Ich wollte, dass du gehst. Ich habe das so gesagt, wie ich das gemeint habe. Du bist einfach lächerlich.«

»Und möchtest du jetzt auch wieder, dass ich gehe?«

»Ja«, sagte sie. »Du bettelst ja geradezu darum.«

»Das ist schön gesagt«, sagte er. »Ich komme heute Abend wieder … Soll ich heute Abend wiederkommen?«

»Wie du willst. Lass es, wenn du keine Lust hast«, sagte sie.

»Also wann?«

»Meinetwegen auch nie wieder, nie wieder«, schrie sie. »Wenn es das ist, was du die ganze Zeit hören willst.«

Wenig später wurde ihm klar, dass er sie in diesem Moment hätte in die Arme nehmen und ihr so etwas hätte sagen können wie: »Siehst du. Wir reden hier nur Unsinn …« Das hätte er machen können, und vielleicht war ihm auch ein ähnlicher Gedanke durch den Kopf gegangen. Stattdessen aber sprach er einen anderen Satz aus, einen Satz, den auszusprechen er sich eigentlich noch nicht in der Lage glaubte, den er aber gleichwohl laut und ohne zu zögern von sich gab. »Es ist noch nicht zu spät, Telliers Angebot anzunehmen.« Es war das erste Mal seit gestern, dass er wieder daran dachte, und weil ihm der Satz so unüberlegt über die Lippen kam, wurde er sich erst jetzt bewusst, dass seine Gedanken noch nicht so weit gingen, wie dieser Satz es vermuten ließ.

Sie antwortete sofort. »Bitte, nimm an.«

»Ich meine es ernst«, sagte er.

»Ich auch. Nimm an, ich lege Wert darauf. Ruf heute Nachmittag an, und morgen bist du weg. Dann ist wenigstens alles geklärt.«

»Ich mache keinen Scherz.«

»Ich weiß. Wir lieben uns nicht mehr. Und ich sehe nicht, warum du dann nicht …«

Er dachte nicht einmal daran, dass sie das nur sagen könnte, um ihn auf die Probe zu stellen, dass sie ihn dazu bringen wollte, zu ihr zu gehen, sie zu küssen und zu sagen: »Ich liebe dich. Das weißt du doch. Und du liebst mich auch. Warum sagst du so was?« Er dachte nicht daran, dass sie auf einen Liebesbeweis hoffen könnte. Er dachte bloß: ›Sie hat Recht. Wir lieben uns nicht mehr. Sie weiß das selbst.‹ Er dachte: ›Sie hat gesagt, wir lieben uns nicht mehr, und das stimmt tatsächlich.‹ Sie hatte mit rauer Stimme, aber ohne jeden Anflug von Zorn gesprochen. So, wie sie vorher gesagt hatte: »Du bist einfach lächerlich.« Sie hielt den Kopf immer noch gesenkt und sah auf ihre Knie. Er hatte erst erwogen, sie zu küssen, um nicht einfach so zu gehen. Aber dann dachte er, dass es besser wäre, ihr keinen Anlass zu geben, ihre Sätze zu bereuen. ›Sie hat gesagt: Wir lieben uns nicht mehr.‹ Er sah zur Tür: Er musste nur den Arm ausstrecken, um die Türklinke herunterzudrücken. Er machte einen Schritt in den Flur und zog die Tür vorsichtig hinter sich zu.

Zweiter Teil

Erstes Kapitel

Die Anderen

1 Claire hob die Gartenschere auf.

»Was hältst du davon, Marité? Du nimmst die Schere und den Korb. Ich trage die Blumen. Kommst du? Marité! Hörst du nicht? Was machst du denn da?«

»Ich gucke noch.«

»Was ist denn da? Ein Tier?«

»Nein. Ich gucke nur so.«

Marie-Thérèse erhob sich umständlich. Sie sah Claire dabei von der Seite an und wusste nicht, ob sie lächeln sollte. Aber Claire achtete nicht auf sie. Sie hockte auf dem Weg und versuchte, so gut es eben ging, all die Blumen vor sich aufzusammeln, um dann vorsichtig den riesigen Strauß an die Brust zu drücken. In alle Richtungen ragten Dahlienstängel daraus hervor, bei jeder Bewegung drohten einzelne Blumen zu Boden zu gleiten. Sie sah zu Marie-Thérèse und legte dabei ihre Stirn in Falten. Ihre Köpfe waren jetzt ungefähr auf gleicher Höhe.

»Kommst du endlich?«, fragte sie streng.

Dann stand sie auf. Zwei Dahlien rutschten an ihren Beinen herunter. Sie schob die Blumen mit den Füßen zur Seite. Marie-Thérèse beobachtete sie immer noch, die Lippen zu einem schüchternen, starren Lächeln zusammengepresst, fast wie eine Grimasse. Ihr kastanienfarbenes Haar war so dicht, dass vom Gesicht nur ein kleines pausbäckiges Dreieck zu sehen war, aus dem ihre Augen goldbraun hervorleuchteten. Sie mussten beide gleichzeitig lachen.

»Wieso machst du so ein Gesicht?«, fragte Claire.

»Ich schaue nur die Blumen an«, sagte Marie-Thérèse. »Da sind alle Farben zu sehen.«

»Na ja, nicht wirklich alle. Gelb und Rot. Mehr nicht. Und rosa.«

»Und die da?«, fragte das Kind.

»Du meinst die große da? Die ist schön, nicht wahr? Das ist Zinnoberrot.«

»Zinnoberrot«, wiederholte Marie-Thérèse und kostete dabei mit sichtlichem Vergnügen jede Silbe. »Was ist Zinnober?«

»Keine Ahnung«, sagte Claire.

»Zinnober«, sagte Marie-Thérèse vor sich hin.

»Ja, Zinnoberrot. So heißt das nun mal. Das ist ein Farbenname. Du kannst auch Orangerot sagen. Na ja, so richtig zinnoberrot ist die ja auch gar nicht, eher rostrot.«

»Das stimmt nicht. Die ist nicht rostrot. Rostrot sind nämlich meine Haare.«

Für eine Weile betrachteten beide schweigend den glänzenden, weit geöffneten Blütenkelch, der größer war als bei den anderen Blumen, tiefrot mit rosa Einsprengseln. Marie-Thérèse sah zu Claire auf. Ihre Blicke trafen sich. Sie lächelten beide, aber Claire setzte gleich wieder ihre strenge Erzieherinnenmiene auf.

»Komm, beeil dich«, sagte sie.

Sie verließen den schmalen Pfad zwischen den Lilien und Obstbäumen, bogen auf den mit Sand gestreuten Gehweg ein, der links am Haus vorbeilief, und stiegen die Freitreppe hinauf.

»Louise«, fragte Claire. »Ist Madame Roby im Haus?«

»Ich weiß es nicht genau. Madame war eben beim Herrn Doktor. Wahrscheinlich ist sie immer noch oben.«

»Wo sollen wir das jetzt hintun?«, fragte Claire. Als keine Antwort kam, fragte sie lauter: »Haben Sie eine Idee, wo wir die Blumen hinlegen sollen? Ich hatte eigentlich nicht vor ... Hör mal, Marité. Am besten, du gehst mal deine Mutter holen.«

»Wo ist sie denn?«

»Ich weiß nicht. Such sie!«

Claire legte die Blumen auf einem zierlichen Leuchtertisch ab und setzte sich in den Korbsessel, den Louise dort hingestellt hatte, um fegen zu können.

»Sind Sie müde?«, fragte Louise.

»Nein«, antwortete Claire. »Ich warte nur.«

»Sie wird noch beim Doktor sein«, sagte Louise.

»Sie ist bei Papa«, rief Marie-Thérèse und lief die Treppe hinunter. »Sie hat gesagt, wir sollen schon mal ohne sie anfangen.«

»Also gut«, seufzte Claire. »Und wohin damit? In die Küche?«

»Vielleicht benutzen Sie besser den Wasserhahn im Garten«, meinte Louise.

»Sie haben Recht.« Claire stand auf und nahm die Blumen vom Tisch. Zwei Stängel fielen herunter. Louise hob sie auf und schob sie Claire unters Kinn.

Claire wandte sich zur Tür. »Na los, Marité, hol schon mal eine Vase. Oder besser doch nicht. Nachher fällt sie dir noch runter.«

Claire ließ den Strauß wieder auf den Tisch gleiten und ging zur Salontür. Sie kam mit zwei riesigen Porzellanvasen zurück, die eine blau, die andere beige.

»Ich hätte doch gehen können«, meinte Louise.

»Besser Sie helfen der Kleinen, die Blumen aufzunehmen.«

Claire und Marie-Thérèse stiegen vorsichtig die Stufen der Freitreppe herunter und gingen ums Haus herum. Vor einem verrosteten alten Gartentisch, der vor der Garagenwand stand, hielten sie an. Claire stellte die Vasen auf den Tisch und holte sich einen Korbstuhl, der auf dem Rasen stehen geblieben war.

»Also«, sagte Claire. »Leg die Blumen einfach hin.«

»Wohin denn?«

»Auf den Tisch natürlich. Auf keinen Fall auf den Boden.«

Claire nahm ihr die Blumen aus der Hand und legte sie auf den rostigen Tisch.

»Ich komm nicht dran«, sagte Marie-Thérèse.

Claire lächelte. »Komm her.«

Sie fasste Marie-Thérèse unter den Achseln und setzte sie wie ein Kleinkind auf einen der Eisenstühle. Dann zog sie ihren Stuhl an den Tisch und nahm ihr gegenüber Platz. Sie blickte auf ihre Uhr.

»Zehn vor zehn. Eigentlich habe ich keine Zeit mehr. Pass mal auf. Ich erkläre dir, wie man das macht. Also: Du rupfst unten am Stängel die Blätter ab. Aber nur unten, nicht überall. Verstehst du? Nur so viel, dass die Stängel in die Vase passen. Klar?«

Marie-Thérèse nickte kaum sichtbar mit dem Kopf.

»Also noch mal«, sagte Claire. »Ganz oben anfassen, siehst du?«

Sie nahm eine Dahlie, setzte ungefähr zehn Zentimeter unterhalb der Blüte an und zog den Stängel zwischen Zeigefinger und Daumen hindurch.

»Siehst du? Du ziehst bis nach unten, aber nicht zu fest! Und schwupp! Die Blätter gehen ganz von selber ab. Schwupp«, wiederholte sie. »Hast du das verstanden? Sollte man eigentlich nicht so machen, geht aber am schnellsten.«

Marie-Thérèse griff nach einem Stängel. Claire beobachtete sie aus den Augenwinkeln, während sie sich erhob.

»Genau so, sehr gut. Wer sagt's denn! Das ist eine Sache von drei Minuten, oder? Danach kannst du sie in die Vasen stecken und fertig.« Claire wandte sich zur Garage.

»Claire! Gehst du weg?«, rief ihr Marie-Thérèse hinterher.

»Nein. Ich bin gleich wieder da.«

»Wo gehst du hin?«

»Ich hole was aus dem Schuppen. Mein Buch.«

Sie folgte der Garagenmauer und verschwand kurz in einem kleinen, mit Eternit gedeckten Verschlag, in dem Gartenwerkzeuge untergebracht waren. Als sie zurückkam, hielt sie ein Buch in der Hand. Marie-Thérèse blickte kaum auf, so vertieft war sie in ihre Arbeit. Um an die Blumen heranzukommen, musste sie sich weit über den Tisch lehnen, die Haare fielen ihr dabei ins Gesicht.

»Du machst das wirklich gut«, sagte Claire. »In zehn Minuten bist du fertig. Weißt du was«, sagte sie, während sie sich setzte. »Gleich fegen wir die Blätter vom Tisch. Dann stellen wir zwei Sträuße zusammen und stecken sie in die beiden Vasen. Das machen wir aber besser zusammen«, fügte sie nach einer kurzen Pause hinzu. »Ich helfe dir dabei.«

Sie schlug ihre braun gebrannten Beine übereinander, die im Morgenlicht schimmerten.

»Aber jetzt lese ich erst mal.« Dann schwieg sie. Geräuschvoll blätterte sie die Seiten um.

»Das macht dir Spaß, was?«

»Ja, sehr«, sagte Marie-Thérèse. »Warum machst du nicht mit?«

»Ich will lesen«, sagte Claire. »Ich habe vorgestern angefangen. Aber bei dem Trubel hier kommt man nicht dazu, ein Buch zu Ende zu lesen. Heute wird das auch nicht anders sein.«

»Ich bin fertig«, sagte Marie-Thérèse. »Ich hol jetzt Wasser.«

»Aber mach die Vasen nicht kaputt«, sagte Claire träge. »Warte, ich helf dir.«

Sie stand auf, legte ihr Buch aufgeklappt auf den Stuhl. Der Wind schlug eine Seite um. Sie beugte sich noch einmal zurück und drehte das Buch um. Dann ging sie um den Tisch herum zu Marie-Thérèse.

»Wir lassen die erst mal im Garten und bringen sie später rein. Dann ist die Überraschung größer.« Sie füllte die Vasen mit Wasser und stellte sie auf den Boden, direkt neben Marie-Thérèses Stuhl.

»Reichst du mir die Blumen, Marité? Erst eine in Rosa, dann eine gelbe, eine rote. Oder warte mal. Es ist vielleicht schöner, wenn wir zwei einfarbige Sträuße zusammenstellen. Hier in die Vase kommen die rosa gesprenkelten und die dunkelroten. Von denen haben wir am meisten. In die blaue Vase stecken wir die gelben. Halt, nicht so schnell. Warte, ich zieh erst die gelbe hier wieder raus und stecke sie in die blaue Vase. Mach das wie ich: die gelben in die blaue Vase, die zinnoberroten oder orangefarbenen meinetwegen auch. Ich kümmere mich um den Rest.«

Claire hielt ihr die blaue Vase mit der einsamen gelben Dahlie hin. Marie-Thérèse nahm sie, stellte die Vase neben sich auf den Boden und richtete sich auf.

»Nicht so, Marie-Thérèse. So ungeschickt wie du bist, wirfst du die Vase noch um. Stell sie hier auf den Boden, aber geh am besten auf die andere Seite.«

Ohne aufzustehen, zog sie Marie-Thérèse zu sich heran und lenkte sie dann zum Wasserhahn. »Oh«, sagte sie.

»Deine Knie sind ja ganz dreckig. Die musst du gleich mal waschen gehen.«

Marie-Thérèse nahm eine Blume vom Tisch, hockte sich hin und steckte sie in die Vase.

»Du willst doch nicht für jede einzelne Blume anstehen. Bei mir ist das anders, weil ich längere Arme habe. Warte. Wir legen die Blumen doch auf den Boden.«

Claire stand auf, sammelte die gesäuberten Blumenstiele zusammen, legte sie zwischen die beiden Vasen und begann sie zu sortieren.

»Guck mal. Da sind schon fast keine roten mehr dazwischen. Gleich haben wir's … So, fertig!«, sagte sie. »Jetzt liegen alle roten auf einem Haufen. Du musst sie nur noch in die große Vase stecken, wenn du mit den gelben fertig bist.«

Claire stand auf und lief zu ihrem Korbsessel. »Oh, nein!«, rief sie.

Marie-Thérèse sah zu ihr herüber.

»Ist halb so wild«, sagte Claire lachend. »Mein Kleid ist nass. Pass auf, dass du nicht auch noch nass wirst.«

Claire nahm ihr Buch wieder auf, während Marie-Thérèse auf dem Boden kniete und einen widerspenstigen Blumenstiel nach dem anderen in die Vase stopfte. Es verstrich nicht viel Zeit, bis sie rief: »Ich bin fertig.«

Claire hob den Kopf.

»Du bist fertig? Schön. Dann sammle die Blätter ein, wenn du Lust hast.«

»Wohin kommen die?«

»Weiß nicht. Pack sie in deine Schürze, und bring sie dahin, wo das gemähte Gras liegt. Weißt du, wo das ist?«

»Weiß ich«, sagte Marie-Thérèse und stand auf.

»Warte«, sagte Claire. »Vielleicht fragst du Louise besser nach einem Korb. Sonst fallen dir die Blätter noch überall auf den Boden.« Dann rief sie: »Louise? – Sie ist nicht da. Sie muss vorne sein. Lauf zu ihr.«

»Was ist los?«, rief Louise aus einem der Fenster im ersten Stock.

»Wo finde ich einen Korb, um die Blätter von den Blumen einzusammeln?«, fragte Claire, ohne von ihrem Buch aufzublicken.

»Im Schuppen ist einer.«

»Danke«, sagte Claire, während sie weiterlas. »Gehst du?«

»Ja«, sagte Marie-Thérèse.

2

Die Sonne verschwand für einen Augenblick hinter den Wolken, und die Farben im Garten wirkten auf einmal bunter, die Umrisse schärfer, wie auf einem Farbfoto. Der Rasen war noch nicht von der Tageshitze ausgedörrt, und im Kontrast zum Rot der Zinnien und Geranien leuchtete das Gras sattgrün. Ein leichter Windhauch strich kurz durch die bläulich schimmernden Äste der kleinen Tanne und erstarb gleich wieder.

Elisabeth zog sich vom offenen Fenster zurück und setzte sich an den Tisch im Esszimmer. Sie schrieb etwas auf einen Notizblock. Die Sonne kehrte zurück, und die vom Rasen reflektierten Strahlen erhellten schlagartig das Zimmer. Als sie fertig war, legte sie den Block auf einen kleinen Ecktisch und kehrte zum Fenster zurück. Sie stützte sich auf das Fensterbrett und beugte sich vor, um besser sehen zu können. Sie rief: »Marie-Thérèse!«

Marie-Thérèse kam um die Hausecke.

»Marité, hast du deinen Vater gesehen?«

»Papa ist hinten«, antwortete sie. »Er gießt die Blumen.«

Aus dem hellblauen Eimer, den sie in der Hand hielt, hingen zwei oder drei welke Dahlien mit geknickten Stängeln.

»Das ist gut. Du brauchst ihn nicht zu rufen. Habt ihr alles schön aufgeräumt?«

»Ja«, sagte Marie-Thérèse. »Claire ist noch da. Sie liest ständig.«

Elisabeth musste lächeln.

»Das darf sie ruhig«, sagte sie. »Komm doch mal rein.«

»Soll ich den Eimer erst wegbringen?«

»Was sind das eigentlich für schöne Blumen da drin?«, fragte Elisabeth.

»Die sind leider kaputtgegangen.«

»Das macht nichts. Was hältst du davon, wenn du mit deinem Eimer reinkommst und mir mal deine Blumen zeigst?«

Elisabeth sah Marie-Thérèse zu, wie sie die Freitreppe hinaufstieg. Dann ging sie zum Tisch zurück, an dem sie vorhin geschrieben hatte, und setzte sich.

»Schließ bitte die Haustür«, rief sie. »Du musst kräftig drücken.«

Marie-Thérèse trat ins Zimmer. »Die Tür hier kannst du auflassen. Komm her.«

»Warum?«, fragte Marie-Thérèse.

Sie blieb, an den Tisch gelehnt, stehen, den Eimer mit den welken Blumen in der Hand. Ein Sonnenstrahl fiel auf ihre schmutzigen Knie, ein schmaler Streifen Licht, der bis zum Gürtel ihres Kleides reichte.

»Hast du dich beim Pflücken dreckig gemacht?«, fragte Elisabeth.

»Ja. Ich konnte nicht … Ich musste doch die Blumen von der Erde aufheben.«

»Na gut, du kannst dich später waschen. Komm erst mal her.«

Sie nahm Marie-Thérèse bei den Händen und zog sie zu sich heran.

»Was macht denn Claire?«

»Bestimmt liest sie noch.«

»Und du. Warst du die ganze Zeit bei ihr?«

Marie-Thérèse nickte.

»Gut.« Sie beugte sich nach hinten und griff nach ihrer Handtasche, die am anderen Ende des Tisches lag. Sie stellte die Tasche vor sich auf den Schoß und öffnete sie.

»Stell mal deinen Eimer ab«, sagte sie.

»Wohin?«

»Gib her.« Sie nahm den Eimer, stellte ihn auf den Tisch, dann betrachtete sie den Inhalt. »Ich frage mich ja, wie ihr Blumen pflückt. Hat Claire die hier abgeschnitten?«

»Nein«, sagte Marie-Thérèse. »Die sind runtergefallen.«

»Runtergefallen?«

»Als wir die ganzen Blumen aufgehoben haben, sind die runtergefallen. Und Claire hat gesagt, ich soll sie in den Eimer tun, weil sie für die Vase zu kurz sind.«

Elisabeth musste wieder lächeln. »Wahrscheinlich sind sie runtergefallen, weil sie zu kurz waren. Aber gut. Komm mal her. Ja genau, lehn dich an mein Knie. Du glaubst doch nicht, dass ich dich so ungekämmt herumlaufen lasse. Was hast du bloß mit deinen Haaren angestellt?«

»Aua«, sagte Marie-Thérèse.

»Nicht bewegen. Was bist du unruhig heute Morgen.«

Sie nahm eine dicke Strähne ihres Vorderhaars und zog sie glatt.

»Nicht bewegen.«

Mit der freien Hand nahm sie aus ihrer Handtasche einen kleinen Kamm und kämmte damit die Strähne durch.

»Sie sehen schlimmer aus, als sie sind.«

Elisabeth ließ Marie-Thérèse auf ihren Schoß klettern und gab ihr einen Kuss.

»Darf ich mal sehen, wie das aussieht?«, fragte Marie-Thérèse.

»Wenn du so rumzappelst, fällt der Kamm noch runter.«

Sie hielt Marie-Thérèses Kopf fest, zog den Kamm heraus und ließ die Strähne prüfend durch die Finger gleiten.

»Da kommt dein Vater«, sagte sie.

Marie-Thérèse hob den Kopf und versuchte, über das Fensterbrett nach draußen zu spähen. »Nicht bewegen.«

»Er kommt hoch«, sagte Marie-Thérèse.

»Komm rein«, rief Elisabeth. »Ich vergnüge mich hier mit Marité«, sagte sie lachend, als er ins Vestibül trat. »Ist sie nicht ein hübscher Fratz? So frisiert sieht sie viel ordentlicher aus. Wie eine kleine Dame, findest du nicht, Paul?«

Er trat zu ihnen.

»Oh ja«, sagte er. »Sie sieht ganz verändert aus.«

»War da gerade jemand für dich an der Tür?«, fragte Elisabeth. »Ich wollte dich das schon die ganze Zeit fragen.«

»Für mich? Nein. Niemand. Das muss Michel gewesen sein, der wieder hochgegangen ist.«

»Ich dachte, es hätte geklingelt. Da, jetzt kannst du dich

bewundern«, sagte sie zu Marie-Thérèse und hielt ihr den Schminkspiegel aus ihrer Handtasche hin. »Sieht sie nicht völlig verändert aus?«

»Du hast ihr einen Seitenscheitel gemacht«, sagte er.

»Einen Seitenscheitel? Ich habe ihre ganze Frisur in Ordnung gebracht.«

»Das meine ich ja«, sagte er. »Aber vor allem an der Seite.«

»Das scheint dich nicht sonderlich zu interessieren«, sagte sie lachend.

»Sehe ich jetzt aus wie Claire?«, wollte Marie-Thérèse wissen.

»Ja, genau wie Claire.« Elisabeth gab Marie-Thérèse einen Kuss.

»Sie muss trotzdem heute zum Friseur. Ich frage mich, wie sie das überhaupt bei der Hitze aushält. Ich werde Claire bitten. Sie hat Zeit, und ihr kann man das Kind anvertrauen.«

»Ja, das kann man«, sagte ihr Mann.

»Es ist mir zwar jedes Mal unangenehm, sie zu fragen, ob sie sich um Marité kümmert. Aber so kann sie nicht länger rumlaufen. Claire ist um vier eingeladen. Deshalb habe ich den Termin auf zwei gelegt.«

»Das ist gut«, sagte er. »Sehr gut.« Er legte seinen Strohhut auf den Tisch.

»Was für eine Hitze! Glücklicherweise kommt heute offenbar keiner.«

»Ja«, sagte Elisabeth. »Ich wollte dich schon den ganzen Vormittag fragen … stattdessen haben wir von anderen

Dingen geredet. Ich war wirklich sicher, jemand hat geklingelt und ist dann raufgegangen. Ich war hinten …«

»Nein, es hat keiner geklingelt«, sagte er. »Das muss wirklich Michel gewesen sein. Er ist mir im Garten entgegengekommen. Vor ungefähr einer Stunde.«

»Gut«, sagte Elisabeth.

»Wolltest du ihm irgendwas mitteilen?«

»Nein, nein. Ich wollte nur wissen, wer das war.«

»Wenn noch jemand gekommen wäre, hätte ich das gesehen. Ich war die meiste Zeit vorne vor dem Haus. Ach, sieh mal! Das sind also die Pflaumen von den Luzières.« Er streckte den Arm zu einer Obstschale aus, die auf dem Buffet stand, und steckte sich eine Pflaume in den Mund. »Darf ich?«

»Ich denke schon«, sagte Elisabeth. »Michel hat sie mitgebracht. Wir müssen uns noch bei Madame Luzières bedanken.«

»Geht dir das eigentlich auf die Nerven?«

»Was?«

»Ich meine nicht das Dankeschön, sondern dieses ganze Hin und Her …«

»Wir geben uns alle Mühe, Michel zu verstehen, aber besonders feinfühlig benimmt er sich nicht, finde ich. Hast du bemerkt, dass er sie noch mit keinem Wort erwähnt hat?«, flüsterte sie fast. »Ich habe dir ja erzählt, dass sie die Einladung von Naulet abgelehnt haben. Das kann ich sogar nachvollziehen. Ich frage mich, wer sich das ausgedacht hat …«

»Lassen wir das«, sagte Monsieur Roby. »Wenn Michel darüber reden will, wird er das schon tun. Bis dahin …«

»Natürlich«, sagte Elisabeth. »Ich werde ihn bestimmt nicht darauf ansprechen. Wir haben ihn schließlich eingeladen. Und dieses Jahr ist es ja auch anders als bisher. Wie dem auch sei: Acht Tage sind schnell vorbei.«

»Meinst du?«, sagte er und nahm sich eine zweite Pflaume. »Immerhin sind ihre Pflaumen hervorragend.«

»Du bist unmöglich«, sagte sie.

»Er verhält sich vielleicht nicht ganz korrekt uns gegenüber. Aber das ist nicht allein seine Schuld.«

Er warf den Kern aus dem Fenster.

Sie lachte: »Du bist wirklich unmöglich! Einfach unglaublich! Ich weiß nicht, warum ich darüber lache. Das würde ich nicht einmal François durchgehen lassen. Du kannst doch nicht den Kern einfach aus dem Fenster werfen.«

»Gut. Auf frischer Tat ertappt.« Er reichte ihr die Obstschale. »Nimmst du auch eine?«

Sie wies die Schale zurück. »Natürlich nicht. Paul! Du verbietest den Kindern, sich einfach zu bedienen, gehst aber mit schlechtem Beispiel voran.«

»Schlechtes Beispiel! Man muss das Leben nehmen, wie es ist, und die Pflaumen, solange es welche gibt. Eins, zwei, drei, vier, fünf, sechs, sieben, acht, neun, zehn, elf, zwölf. Sind also mehr als zwei pro Nase. Ich nehme nur noch eine, Louise auch, dann bleibt sogar noch eine für Marité übrig. Willst du eine? Aber merk dir, Marité: Mach das auf keinen Fall wie dein Vater. Du musst immer erst um Erlaubnis bitten, wenn du dir etwas nehmen willst.« Er lachte.

»Ich meine das ernst«, sagte Elisabeth.

»Kann ich eine Pflaume haben?«, fragte Marité.

»Ja, mein Schatz. Wenigstens einer begreift hier, was ich meine.«

»Papa hat gerade eben auch gefragt«, sagte Marie-Thérèse.

»Das stimmt«, sagte Elisabeth. »Gerechterweise muss ich zugeben, dass du ›darf ich?‹ gesagt hast.«

»Aber ich habe mir eine genommen, ohne die Erlaubnis abzuwarten. Woher sollte ich auch wissen, dass sie abgezählt sind?«

»Du weißt so etwas grundsätzlich nie. Und außerdem ist das keine Entschuldigung. Wenn ich nichts gesagt hätte, wäre bald keine Pflaume mehr auf dem Teller. Da bin ich mir sicher.«

»Ich habe furchtbare Gewissensbisse.« Er ging zu ihr und streichelte ihr über die Wange. »Verzeihst du mir noch dieses eine Mal?«

»Du benimmst dich wie ein zehnjähriges Kind!«, sagte sie. »Ich bin es leid, mich über so etwas aufzuregen. Ich meine es ernst.«

»Wenn ich zehn bin … Warte mal, Marité. Dann bin ich nur drei Jahre älter als du! Das holst du schnell auf.« Er nahm seinen Hut. »Also. Ist mit Bernard alles klar?«

»Mit Bernard?«

»Ja, er wollte dich doch heute Nachmittag oder heute Abend fahren.«

»Ach so, nein«, sagte sie. »Ich habe es mir anders überlegt. Ich fahre mit dem Zug.«

»Hat er sich geweigert?«

»Nein, überhaupt nicht. Ich wollte das nicht.«

»Du wolltest nicht, dass er dich fährt?«

»Ja, genau. Ich habe heute Nachmittag einiges zu erledigen und werde vermutlich erst mit dem Achtuhrzug zurückkommen. Was soll er deiner Meinung nach die ganze Zeit über machen? Du bist schon erstaunlich!«

»Oh, Bernard weiß sich zu beschäftigen. Da habe ich keine Bedenken.«

»Erst gestern war er für uns in Meaux, und heute soll er schon wieder los?«

»Das hört sich ja an, als setzen wir ihn unter Druck. Ich weiß, er ist zum Studium angenommen worden. Also hat er offenbar auch vernünftig gelernt.« Er lachte. »Ich gönne ihm ja, dass er in der Gegend herumfährt. Aber wenn er das Angenehme wenigstens manchmal mit dem Nützlichen verbindet, finde ich das noch besser. Er kommt und geht inzwischen, wann er will.«

»Man weiß nie, wo man bei dir dran ist«, sagte Elisabeth. »Manchmal bist du ihm gegenüber viel zu nachsichtig. Du lässt ihm alles durchgehen, aber wirklich alles. Und manchmal …«

»Ich lasse ihm zu viel durchgehen? Also ich kann mir das Gespräch zwischen euch lebhaft vorstellen: ›Lieber Bernard, ich fahre heute Nachmittag nach Paris. Dein Vater findet, du solltest mich hinfahren.‹ – ›Heute Nachmittag? Warum hast du mir das nicht gestern gesagt!‹ (Er ist ja nicht dumm) – ›Kommt dir das etwa ungelegen?‹ – ›Aber nein, Mama‹ (wie gesagt, er ist nicht dumm) – ›Ich kann auch gut alleine fahren … Wenn ich darüber nachdenke, möchte ich das sogar viel lieber…‹«

Sie lachte. »Eindrucksvoll, aber vollkommen falsch. Wirklich. Es ist genau anders herum. Bernard hat mich von sich aus gefragt: ›Fahren wir heute Nachmittag nach Paris?‹«

»Ich sag's ja«, meinte Monsieur Roby. »Er ist nicht dumm. Und du hast daraufhin sein Angebot abgelehnt.«

Sie zuckte mit den Achseln.

»Du verstehst einfach gar nichts: Er wollte unbedingt fahren.«

»Ach, aus purer Höflichkeit!«

»Wie oft soll ich das noch sagen: Ich fahre lieber mit dem Zug. Ist das so schwer zu begreifen?«

Sie reichte Marie-Thérèse den Eimer.

»Hier, Schatz. Wenn Claire reingeht, kommst du mit, einverstanden?«

»Und meine Knie?«

»Kannst du hinterher waschen. Geh draußen spielen.«

Sie lächelte sie an.

»Darum geht es nicht«, sagte Monsieur Roby, als Marie-Thérèse die Tür hinter sich geschlossen hatte. »Wollte er hinfahren oder nicht?«

»Natürlich wollte er nicht. Aber du willst mich einfach nicht verstehen.«

»Ich verstehe dich auch nicht.«

»Das ist aber nicht mein Problem.« Sie hob den Kopf und blickte ihn an. Sie schwiegen.

»Ob er will oder nicht, ist doch völlig egal. Darum geht es nicht …«

»Aber es muss doch einen Grund geben. Hast du Angst vor seinem Fahrstil?«

Sie lächelte. »Angst? Es macht für mich keinen Unterschied, ob ich mit ihm fahre oder zu Fuß irgendwo hingehe. Du weißt, dass ich immer Angst habe.«

»Ja. Ich weiß«, sagte Monsieur Roby.

»Aber wahrscheinlich hast du sogar Recht«, sagte Elisabeth. »Wenn ich an das letzte Mal denke …«

»Das war nicht schlimm, hätte aber ins Auge gehen können.«

»Du weißt doch gar nicht genau, was passiert ist«, fuhr Elisabeth fort.

»Ach?«

»Ich weiß auch nicht, warum ich dir nichts erzählt habe.«

»Was war denn los?«, fragte er.

»Ganz genau weiß ich es selbst nicht. Ich war nämlich gar nicht mit ihm zusammen unterwegs. Erst als wir uns getroffen haben, habe ich den verbeulten Kotflügel gesehen.«

»Und was hat er dazu gesagt?«

»Das Gleiche, was er dir gesagt hat, und ich wüsste nicht, warum das nicht stimmen sollte. Ich habe gesagt, ich sei mit ihm zusammen gewesen, weil ich an dem Abend keine Lust hatte, lange über die Sache zu reden. Keine Ahnung, wie Bernard das aufgefasst hat.«

»Wie auch immer«, sagte Monsieur Roby. »Du musst nur diesmal hart bleiben und ihn dazu bringen, dass er auf dich wartet. Er muss lernen, was es heißt, zu warten. Wenn er mit mir unterwegs wäre …«

Sie unterbrach ihn.

»Mit dir! Also, ich weiß wirklich nicht, was du hast. Manchmal lässt du ihm alles durchgehen, und dann auf einmal, wie heute zum Beispiel … Ich will nicht, dass er auf mich wartet. Nicht einmal, wenn ihm das Spaß macht. Lernen, was es heißt, zu warten!«

Sie zuckte mit den Achseln.

»Gut«, sagte er. »Ich sehe ein, du hast Recht.«

»Das ist wirklich erstaunlich«, setzte sie fort, als hätte sie seine Antwort gar nicht gehört. »Wenn er ausnahmsweise mal Recht hat, sehe ich nicht ein, warum wir ihn zwingen sollten. Das ist doch nicht so schwer zu verstehen.«

»Du hast ja Recht«, wiederholte er. »Soll er hier bleiben, wenn er hier bleiben will.«

Er sah sie an und lächelte, aber sie hielt den Kopf immer noch gesenkt und schien nachzudenken.

»Soll er hier bleiben«, sagte er. »Bis später.«

»Bis später«, sagte sie, ohne den Kopf zu heben.

Sie blieb einen Augenblick sitzen, dann stand sie auf, schloss die Fensterläden und setzte sich wieder. Sie legte die Hände flach auf den Tisch und blieb in dieser starren und doch für sie ganz natürlichen Haltung, die ihr eine Art edler und schicksalsergebener Schönheit verlieh, unbewegt sitzen. Die Sonne schien jetzt frontal auf die hölzernen Fensterläden, die dem in hellem Beige tapezierten Zimmer kaum Schatten spendeten. Ein Sonnenstrahl drang oberhalb der Läden herein und zeichnete einen spitzen, blendenden Keil auf den Parkettboden. Eine Tür im ersten

Stock fiel unsanft ins Schloss. Jemand kam die Treppe hinuntergerannt. Bernard betrat das Zimmer, ohne Elisabeth wahrzunehmen. Er wandte sich dem Buffet zu, öffnete eine Schublade und warf etwas hinein. Er wollte schon wieder zur Tür, als er sie bemerkte und vor Schreck einen Schritt zur Seite trat. »Du bist hier?«

Sie lachte. »Habe ich dich etwa erschreckt?«

»Ich habe nur einen Löffel zurückgebracht.«

»Sehr gut. Erledigst du gleich die Sachen für deinen Vater?«

»Ja, Mama«, sagte er. »Ich brauche sicher nicht lange.« Nach einer Weile fügte er hinzu: »Willst du wirklich nicht, dass ich dich heute Nachmittag begleite?«

»Ich habe Nein gesagt, und dabei bleibe ich. Hat dein Vater dich noch mal drauf angesprochen?«

»Nein. Papa hat nichts gesagt.«

»Umso besser«, sagte Elisabeth. »Ich fahre lieber alleine. Ehrlich.«

»Ich kann gerne mitkommen«, sagte Bernard. »Ich habe heute Abend nichts Spezielles vor.«

»Ich dachte, du bist bei Jean und Marinette eingeladen?«

»Ach so, nein. Claire hat mich gefragt, ob ich mitkomme, aber ich gehe nicht hin. Ich kenne die kaum und habe auch keine große Lust. Also, wie du siehst …«

»Nein wirklich, mein Schatz«, wiederholte Elisabeth, »ich fahre lieber alleine.«

Sie musste lachen.

»Nicht bloß, um dir die Mühe zu ersparen. Es gibt wahrscheinlich noch ein Gewitter, und ich hasse es, im Auto zu sitzen, wenn es regnet. Ganz besonders mit dir – und du weißt auch, warum.«

»Gut. Dann eben nicht.«

Er ging zur Tür.

»Bestehst du unbedingt darauf, mitzukommen?«, fragte sie.

»Nein, ich dachte nur, das läuft wie beim letzten Mal …«

»Diesmal musst du wirklich nicht mitkommen. Ich freue mich allerdings, dass du so …«

Sie musste erneut lachen.

»Gut. Ich weiß, du magst keine Komplimente. Hast du das Garagentor schon aufgemacht?«

»Mach ich gleich«, sagte Bernard.

»Die Schlüssel sind in der Küche im kleinen Regal, neben den Streichhölzern. Michel hat sie mir gestern Abend gegeben. Sag mal, kommt er da gerade die Treppe herunter?«

»Ja«, sagte Bernard.

»Hast du eigentlich mitbekommen, wann er wieder hier war?«

»Ja, heute gegen halb elf. Wieso …?«

»Ich habe den Lärm gehört und mich gefragt, wer das war.«

»Michel!«, rief Bernard.

»Hallo, Bernard«, sagte Michel, als er eintrat. Er hielt Bernard die Hand hin.

»Bist du auf dem Sprung?«, fragte Bernard.

»Ja, ich wollte gerade gehen …«

»Hallo, Michel«, sagte Elisabeth. »War Ihnen heute Nacht nicht zu heiß?«

Michel drehte sich hastig um. »Oh, Entschuldigung, ich habe Sie gar nicht gesehen.«

Er ging auf Elisabeth zu, um ihr die Hand zu schütteln. »Nicht heißer vermutlich als allen anderen auch«, ergänzte er lachend.

»Ja, mit der Hitze muss man sich wohl abfinden«, sagte Elisabeth. »Suchen Sie den Garagenschlüssel?«

»Oh nein. Ich wollte zu Fuß gehen.«

»Du kannst mit mir fahren«, sagte Bernard. »Ich fahr über Percy.«

»Ich kann gut zu Fuß gehen«, wandte Michel ein.

»Fahr doch mit. Das verkürzt dir den Weg erheblich. Bei dieser Hitze …«

»Gut. Wenn du darauf bestehst, nehme ich das Angebot gerne an …«

»Niemand zwingt Sie«, sagte Elisabeth. »Auch wenn seine Einladungen immer wie Befehle klingen. Nicht wahr, Bernard? Michel möchte vielleicht lieber zu Fuß gehen.«

»Nein«, sagte er. »Ich fahre gerne mit ihm mit.«

»Damit ist dann wohl jeder zufrieden gestellt«, sagte Elisabeth und lachte.

»Kommst du?«, fragte Bernard und fasste Michel am Arm.

»Auf Wiedersehen, Madame«, sagte Michel.

»Auf Wiedersehen. Bis dann.« Sie reichte ihm die Hand.

»Wiedersehen, Mama«, rief Bernard aus dem Flur. »Neben den Streichhölzern?«

»Im kleinen Regal, links.«

»Hab sie. Kommst du, Michel?«

»Bis später«, rief Elisabeth.

3 Er sah dem Auto hinterher, bis es hinter der nächsten Kurve verschwunden war, dann wechselte er die Straßenseite und nahm die nächste Querstraße. Sie war schmal und mit Kopfsteinen gepflastert, wurde dann aber immer breiter und verwandelte sich langsam in einen Boulevard ohne Bäume, der viel zu breit geraten schien für die kleinen Häuser, denen der Rauch der nahen Fabriken zugesetzt hatte. Vor der fensterlosen Front einer Brauerei knickte die Straße ab und führte über einen Kanal. Die Brücke war schmal und flach, am Ufer stand die Ruine eines Gebäudes, das früher einmal eine Mühle gewesen sein musste. Die Straße wurde wieder enger und ging schließlich in einen schlecht geteerten Weg über.

Michel lief an Einfamilienhäusern mit Vorgärten vorbei, dann folgte er einem noch schmaleren Weg, in dessen Rinnstein Gräser und Unkraut wuchsen, bis zu einer Straße mit schlichten Reihenhäusern, die ihn zum Kirchplatz führte. Er sah auf seine Armbanduhr: fünf nach elf. Er kaufte in einem Tabakladen, den er hinter den Bäumen erspäht hatte, eine Zeitung und begann, auf dem Bordstein des Bürgersteigs stehend, zu lesen. Er blätterte die Zeitung zügig durch und steckte sie in sein Jackett. Zwischen den parkenden Autos spielten Kinder Fangen. Eines hatte eine Trillerpfeife dabei. Er sah ihnen eine Weile vom Bordstein aus zu. Dann setzte er seinen Weg fort. Zwei Kreuzungen später bog er links ab und erreichte einen Boulevard mit neuen, mehrstöckigen Häusern. Auf den Bürgersteig hatte man erst vor kurzem Bäume gepflanzt. Die dünnen Stämme wurden von Gittern geschützt. Er wandte sich wieder nach links und erreichte bald eine Seitenstraße mit luxuriösen Villen. In die bog er ein und blieb vor einem dunkelgrünen Tor stehen. Er spähte durch die Gitterstäbe. Versteckt hinter Kirschlorbeer und Obstbäumen sah man am Ende der Einfahrt die gelb getünchten Mauern einer Villa im baskischen Stil. Er klingelte, wartete einen Moment und klingelte erneut.

»Sie sind nicht da«, rief eine Frau hinter ihm.

Er drehte sich um.

»Madame Luzières und ihre Tochter sind vor nicht mal zehn Minuten gegangen. Ich habe sie noch gesehen.«

»Danke sehr«, sagte er. »Ich komme einfach später noch mal vorbei.«

Er bog auf den Boulevard, blieb aber an einem der frisch gepflanzten Bäume stehen und lehnte sich gegen das Gitter, sodass er bequem die Einmündung der Seitenstraße überblicken konnte. Er zündete sich eine Zigarette an, zog die Zeitung aus der Tasche und begann zu lesen, warf jedoch immer wieder einen Blick auf die Straße. Nachdem er die erste Seite relativ schnell überflogen hatte, steckte er die Zeitung weg, warf die halb gerauchte Zigarette fort und schlenderte zurück. Vom Rand des Bürgersteigs aus sah er zur Villa hinüber, drehte aber, fast ohne anzuhalten, um. Wieder am Baum angekommen, wechselte er die Straßenseite und ging noch einmal zurück. Diesmal allerdings ließ er die Seitenstraße links liegen und bog hundert Meter weiter in eine Querstraße ein, die steil zum Kirchplatz anstieg. Als er schließlich die Hauptstraße erreichte, schlug er den direkten Weg zum Haus der Robys ein.

Zweites Kapitel

Vorkehrungen

1 Neben der Metzgerei lag ein kleines Geschäft mit schmutzig grauer Fassade. Die hölzernen Fensterläden waren geschlossen. Er las »Folley«. Daneben befand sich ein Wohnhaus, dann folgte ein mit Plakaten zugekleisterter Bretterverschlag, der ein im Umbau befindliches Geschäft abschirmte. Im Erdgeschoss des Eckhauses hatte sich eine Weinhandlung niedergelassen. ›Komisch‹, dachte er. ›Ich muss mich in der Straße geirrt haben.‹ Er ging bis zur nächsten Kreuzung zurück und las: »Rue Joseph-Delsart«. Er wandte sich nach rechts und betrachtete das nächste Straßenschild: »Rue de Beauvais«. ›De Beauvais, Joseph Delsart! Auf die Namen habe ich nie geachtet. Aber trotzdem bin ich sicher, dass sie hier irgendwo sein muss.‹ Er betrat den Lebensmittelladen gegenüber.

»Entschuldigung, Madame. Können Sie mir sagen, wo hier die Post ist?«

»Einen Moment, bitte.« Die Verkäuferin trat mit ihm vor den Laden. »Sehen Sie da hinten die Avenue? Folgen Sie dieser Straße, und dann fragen Sie einfach noch mal. Sie müssen nämlich irgendwann links abbiegen und einen kleinen Platz überqueren. Da ist die Gendarmerie, und ganz in der Nähe liegt auch die Post. Es ist ein Neubau.«

»Aha«, sagte er. »War die alte Post früher da, wo jetzt der Bretterverschlag ist?«

»Ja, bis vor einem Jahr. Jetzt wird da umgebaut, kommt irgendein Laden rein, glaube ich.«

»Vielen Dank«, sagte er. »Hinter der Gendarmerie?«

»Genau. Links davon. Ein neues Gebäude.«

Von den Robys bis zum Stadtzentrum war es nicht sehr weit. Deshalb hatte er das Auto stehen lassen. Er hatte sich gesagt: ›Es wird mir gut tun, ein paar Meter zu gehen. Die Sonne scheint, und um diese Zeit ist wenig los, weil die Geschäfte geschlossen sind.‹ Direkt nach dem Mittagessen war er aufgebrochen. Auf den ersten drei-, vierhundert Metern der schattenlosen und staubigen Landstraße war der Autoverkehr jedoch trotz der Tageszeit sehr lebhaft gewesen. Das Haus der Robys lag etwas abseits. Er war zuerst durch Felder und Gemüsegärten gegangen, dann an zugewachsenen Reihenhäusern vorbei. Dahinter riss die Bebauung noch einmal auf, das offene Gelände reichte bis zum Flussufer. Ein kleiner Pfad, der sich zwischen Arbeiterhäusern mit Gärten entlangschlängelte, führte zum Strand der Marne. Er war mit Irene manchmal dort entlanggegangen. Vermutlich waren sie sogar die Einzigen, die diesen Weg zum Strand benutzt hatten; die meisten Leute kamen direkt vom Stadtzentrum dorthin.

Der Pfad fiel über einige Meter sehr steil ab, erreichte dann ein verblichenes Schild »Betreten verboten« und folgte anschließend einer Gartenmauer, die irgendwann im rechten Winkel abbog. Ein Stückchen weiter wurde der Pfad so eng, dass man hintereinander gehen musste. Irene war vorangegangen – er erinnerte sich, wie er ihre gebräunten Beine betrachtet hatte, von denen, wie es der damaligen Mode entsprach, nur wenig zu sehen war. Das war vor drei Jahren gewesen, im Sommer sechsunddreißig. Er konnte sich nicht mehr an das Muster des Kleids erinnern, das er so sehr gemocht hatte. An der Stelle, wo der Weg wieder breiter wurde, war sie seinerzeit stehen geblieben, um auf ihn zu warten. Er hatte ihre nackten Arme gestreichelt. Sie hatte sich zu ihm umgedreht, hatte ihre Arme um seinen Hals geschlungen und ihn auf den Mund geküsst. »Du bist verrückt. Man kann uns sehen«, hatte er gesagt. Sie waren daraufhin umgekehrt und hatten in die Fenster der zurückliegenden zwei oder drei Häuser gespäht.

»Siehst du. Nicht überall spioniert man uns hinterher. Und wenn schon …«

»Ich habe dabei an dich gedacht. Du bist immer so unvorsichtig.«

»Um die Uhrzeit schaut doch niemand aus dem Fenster. Und wenn uns jemand gesehen hat, ist das auch egal: Hier kennt mich niemand. Keiner weiß, dass ich verheiratet bin. Also kann ich machen, was ich will, oder?«

»Als ob wir nicht genug riskieren, wenn wir uns zusammen am Strand blicken lassen und einfach so tun, als wären da nur die Leute aus Paris.«

»An so was will ich heute gar nicht denken«, hatte sie gesagt und das Gespräch beendet.

Der Pfad führte in Schlangenlinien durch ein Brachgrundstück voller Gestrüpp und Brennnesseln, das eine Konservenfabrik als Lagerplatz nutzte. Irgendwo dahinter lag die Uferstraße.

Auf seinem Weg zum Stadtzentrum hatte er lange oben an der Stelle gestanden, wo der Pfad von der Straße abzweigte, und hatte sich schließlich dagegen entschieden, hinunterzugehen. Er hatte auf die Uhr gesehen und die Avenue überquert, um in den Schatten zu gelangen. Die Bürgersteige waren menschenleer, aber der Lärm der über das Kopfsteinpflaster fahrenden Autos war ihm noch nie so laut vorgekommen wie an diesem Nachmittag, als er an den gleichmäßigen Reihen flacher, weiß gestrichener Häuser vorbeilief; an den zugezogenen bunten Vorhängen der über Mittag geschlossenen Geschäfte. Ein Lastwagen fuhr vorbei und ließ das Schaufenster neben ihm erzittern. Er betrachtete die graue Abdeckplane des Lastwagens und las: »Malivert – Phosphate«. Es folgte ein gelber Lieferwagen, dann eine Limousine, und noch eine, ein schwarzer Renault. Er wartete den Gegenverkehr ab und wechselte die Straßenseite. Unter einer verblichenen Markise standen Tische und Stühle auf dem Bürgersteig. Er betrat das Café und ging zum Tresen.

»Ich hätte gern ein Bier«, sagte er. »Nein, warten Sie. Haben Sie Minze?«

»Sirup oder Likör?«, fragte das junge Mädchen hinter der Theke.

»Likör, bitte.«

Sie tauchte kurz ein Glas kopfüber ins Wasser und polierte es dann mit einem Trockentuch.

»Wenn's geht, mit Eis«, sagte er.

Er wartete, bis sie das Glas mit Eiswürfeln und Likör gefüllt und eine Wasserkaraffe daneben gestellt hatte. »Ich würde mich gern setzen.«

»Bitte«, sagte das Mädchen.

Er nahm Karaffe und Glas, wählte einen der hinteren Tische am Fenster und setzte sich auf die lederbezogene Bank. Die Markise war wegen der Sonne ganz heruntergelassen worden, und er sah von den gegenüberliegenden Häusern nur einen schmalen Streifen Mauerwerk. Er trank das Glas in einem Zug aus, goss Wasser nach und lehnte sich zurück. Er schwitzte. Schweißperlen liefen ihm den Rücken herunter. Der Stoff seiner Hose klebte an den Beinen. Er beugte sich nach vorne und stützte sich mit den Händen auf den Oberschenkeln ab. Er spürte, wie sich sein Brustkorb hob und senkte, und eine Weile folgte er nur dem beruhigenden Auf und Ab seiner Atmung. Der kühlende Schweiß ließ ihn frösteln. Unangenehm zog es ihm den Rücken hoch. Die Kellnerin stand auf und drehte den Wasserhahn auf. Er hob den Blick und sah ihr zu, wie sie zwei Gläser spülte, abtrocknete und ins Regal zurückstellte. Als sie damit fertig war, setzte sie sich wieder hinter die Theke und schlug eine Zeitung auf. Er trank noch einen Schluck Wasser und bezahlte.

»Die Post ist hinter der Gendarmerie?«, fragte er.

»Ja, genau. Sie nehmen die dritte links. Auf der rechten Seite ist die Gendarmerie. Die Post liegt gleich dahinter.«

»Danke sehr, auf Wiedersehen, Mademoiselle.«

»Wiedersehen, Monsieur.«

Seine Hosenbeine klebten bei jedem Schritt an den Knien. Er überquerte die Straße, um seinen Weg auf der schattigen Seite fortzusetzen, doch die Straße beschrieb eine Kurve, und bald schien die Sonne ihm wieder in den Nacken. Das dunkle Jackett brannte heiß auf seinem Rücken. Er wechselte noch einmal die Straßenseite.

Hinter der Gendarmerie öffnete sich ein kleiner Platz, an dessen gegenüberliegendem Ende ein Gebäude aus gelb gestrichenem Beton zu sehen war. Der Schalterraum der Post war leer, still und angenehm kühl. Der Geruch frischer Farbe war noch nicht ganz verflogen. Er warf einen kurzen Blick auf den Mosaikfries, der die Rückwand zierte, und ging zum Telefonschalter.

»Ich hätte gern die Nummer 78 in Percy, Doktor Roby.«

»Einen Augenblick, bitte.«

Die Eingangshalle wurde von zwei hohen Oberlichtern beleuchtet. Die gelb und weiß mattierten Scheiben dämpften das grelle Sonnenlicht auf angenehme Weise. Unter einem der Fenster saß eine Frau mit dem Rücken zur Wand und schien zu schlafen.

»Die 78«, sagte das Amtsfräulein. »Die Kabine links, bitte sehr.«

Er hob ab und sprach mit verstellter Stimme, tiefer und langsamer, als er für gewöhnlich sprach: »Hallo? Ist da die Nummer 78? Doktor Roby? ... Guten Tag. Ich würde gern mit Michel Landeau sprechen ... Ah, er ist nicht da ... Sie wissen auch nicht, wann er wiederkommt? Es ist dringend ... Vor einer Viertelstunde erst, sagen Sie? Das ist natürlich dumm. Können Sie ihm etwas ausrichten? ... Er möchte doch bitte im Büro anrufen. Ja, im Büro. Er weiß Bescheid ... Ach so. Da ist er zu erreichen ... Ja, ich verstehe, Nummer 19. Bergmann mit B ... Nein. Das macht nichts. Wenn Sie ihm das ausrichten können ... Ja, danke sehr ... Ja, genau. Danke, Monsieur ... Doktor Roby. Auf Wiederhören.«

»Wie viel macht das?«, fragte er am Schalter.

»Einen Franc.«

Er zahlte und ging. Der kleine Platz vor der Post war menschenleer. Einige Jahrmarktbuden, die mit hell lackierten Brettern verrammelt waren, warfen Schlagschatten auf den Teer. Unter den Fenstersimsen der Neubauten, die man über die Dächer der Buden hinweg sah, hatte das ablaufende Regenwasser schon graue Dreckspuren hinterlassen. Er sah auf seine Uhr: zwanzig nach zwei. Er ging einmal um das mit einer Plane abgedeckte Karussell herum, das in der Mitte des Platzes stand, und setzte sich auf eine Bank im Schatten. Er krempelte die Hose bis über die

Knie hoch, streckte die Beine aus und kickte ein paar kleine Steine mit dem Absatz über das Pflaster. Kurze Zeit später erhob er sich wieder und sah zur gelben Betonfassade der Post hinüber, die teilweise vom Karusselldach verdeckt wurde. Von innen wurde die Tür geöffnet, und ein Mann stieg die Stufen herunter. Michel sah ihm nach, bis er hinter der Gendarmerie um die Ecke bog, dann machte er sich auf den Rückweg. Auf der Hauptstraße musste er warten, um auf die andere Seite zu gelangen. Genau vor seinen Füßen hatte offenbar ein Lastwagen den weich gewordenen Teer beschädigt. Der Spalt schimmerte schwarz und flüssig wie Tinte. Er wischte sich mit den Fingerspitzen den Schweiß von der Stirn und überquerte die Straße.

Sie hatte offenbar genauso wenig aufgepasst wie er, denn sie fuhr so schnell, dass er gerade noch Zeit hatte, den Lenker mit einer Hand abzuwehren und die Radfahrerin mit der anderen festzuhalten, bevor ihn das Pedal schmerzhaft am Knöchel traf. Sie war jung, trug ein rotes Trägerhemd und hatte schwarze Haare und Augen, die ihn aus nächster Nähe anstarrten. Sie schrie »Aaah!«, und er spürte, wie sich unter seinem Griff die Muskeln ihres Arms verkrampften. Aber er ließ erst los, als sie vom Rad sprang.

»Ich glaube, es ist nichts passiert«, sagte er. Ohne ihn anzusehen, zerrte sie das Fahrrad am Lenker hoch, brachte die Pedale mit dem Fuß in Position und fuhr davon.

Ein Mann war auf dem Bürgersteig stehen geblieben. »Nichts gebrochen? Gott sei Dank. Die sind doch alle gleich. Träumen die ganze Zeit vor sich hin, und hinterher wundern sie sich, wenn was passiert.«

»Zum Glück fuhr sie nicht so schnell«, sagte Michel.

Er spürte in seiner Hand immer noch die Rundung ihres angespannten Unterarms. ›Aaah!‹ hatte sie gerufen und dabei ihren Mund weit aufgerissen. Er hatte ihre Zähne und die feuchte Zunge sehen können.

Vor dem Schaufenster eines Herrenausstatters brachte er seine Haare in Ordnung, wischte sich mit den Fingern etwas Dreck von der Nase und tupfte einen Schweißtropfen ab, der ihm die Wange herunterlief. Das Glas musste schlecht gewalzt worden sein, denn sein Gesicht war im Spiegelbild außerordentlich schmal und im unteren Teil verzerrt. Auf der anderen Seite der Auslage war eine zweite, besser gearbeitete Scheibe. Er drehte den Kopf zur Seite, um sich im Halbprofil zu betrachten. Die Spitze seines Hemdkragens war unter das Jackett gerutscht. Er brachte das in Ordnung und glättete die Kragenspitze mit der Hand. Eine Frau fuhr mit dem Fahrrad vorbei. Er sah ihr Spiegelbild im Fenster. Er drehte sich nach ihr um und folgte den gleichmäßigen Bewegungen ihrer Beine, die in die Pedale traten, bis sie nicht mehr zu sehen war. Dann ging er weiter durch die in der Hitze brütende, stickige Straße, die vom Lärm der Autos erfüllt war. Es roch nach Abgasen und Staub, und die drückende Luft schien seinen Körper in eine zähe Masse zu verwandeln, die wie Öl heruntertropfte. Die Sonne kam jetzt von vorne. Es war sinnlos, die Straßenseite zu wechseln. Lediglich Vordächer oder heruntergelassene Markisen boten noch Schatten. An einem Mauervorsprung blieb er stehen und setzte seinen verletzten Fuß auf. Oberhalb des Knöchels hatte sich ein Bluterguss gebildet. Er berührte die blau angelaufene Stelle erst vorsichtig, dann drückte er etwas stärker und stellte fest, dass die Haut nur ein paar harmlose Kratzer abbekommen hatte. Er ließ das Hosenbein herunter und setzte seinen Weg fort.

2

»Doktor Roby ist gerade gegangen«, sagte Louise. »Er hat mir aber aufgetragen, Ihnen auszurichten, dass jemand für Sie angerufen hat. Es hieß, Sie sollen im Büro anrufen. Der Doktor hat's aufgeschrieben. Wenn Sie wollen, kann ich den Zettel holen ...«

»Nicht nötig, danke sehr«, sagte Michel. »Man hat mir bei den Luzières schon Bescheid gesagt. Dumm, dass Monsieur Roby nicht da ist. Ich muss dringend mit ihm sprechen. Wissen Sie, ob er lange wegbleibt?«

»Ich nehme an, bis heute Abend. Er hat früh Feierabend gemacht und ist mit Marie-Thérèse unterwegs, seit sie vom Friseur zurückgekommen ist.«

»Können Sie ihm etwas ausrichten?«, fragte Michel.

»Schreiben Sie ihm besser eine Nachricht«, sagte Louise.

»Ja, das mache ich. Ich hatte nur gehofft, ihn noch anzutreffen.«

Das Zimmer war so dunkel, dass sich seine Augen nur sehr langsam daran gewöhnten. Er öffnete die Fensterläden einen Spalt und stellte fest, dass die Sonne nicht mehr auf die Fassade schien. Daraufhin öffnete er die Läden ganz, befestigte sie, schloss aber die Fensterflügel, um die Hitze nicht hineinzulassen. Dann ging er zum Tisch, nahm seinen Füllfederhalter und schrieb auf einen Umschlag, der auf einem Block Briefpapier lag: Madame Bergmann,

5 rue Driant, Percy. Er schlug den Block auf, in den er ein beschriebenes Blatt lose hineingelegt hatte. Er setzte sich aufs Bett und las. Als er fertig war, las er den Brief noch einmal und ging schließlich mit dem Blatt in der Hand zum Fenster. Er sah hinunter auf die Äste der Linden und den immer noch in der Sonne leuchtenden Steinboden des Hofs. Er ging zum Tisch zurück, faltete den Brief, zerknüllte ihn dann doch, nahm sich einen neuen Briefbogen und fing an zu schreiben. Aber nach wenigen Worten hielt er inne, zerknüllte auch diesen und riss alles bislang Geschriebene in kleine Schnipsel. Er schob sie auf ein neues Blatt, faltete es und ließ es in seinem Jackett verschwinden.

Er nahm seinen Koffer, der rechts neben dem Fenster unter der Dachschräge stand, warf ihn aufs Bett und begann seine Sachen zu packen. Als er fertig war, kehrte er zum Tisch zurück, schrieb ein paar Zeilen und steckte das sorgsam gefaltete Blatt in einen Umschlag. Er öffnete das Fenster, lehnte sich für einen Moment auf das Blech der Dachverkleidung und wandte sich dann zum Waschbecken, um ein Glas Wasser zu trinken. Er schloss den Koffer, sah sich um, ob er nichts vergessen hatte, und trank ein weiteres Glas.

Er ging die Treppe hinunter, in der einen Hand den Koffer, in der anderen den Briefumschlag.

»Louise«, rief er. »Louise?« Er sah nach, ob sie vielleicht im Salon oder in der Küche war. »Louise!«

Er setzte seinen Koffer ab, um den Umschlag zu beschriften, aber in seinem Füllfederhalter war keine Tinte mehr. Er eilte die Treppe hoch, nahm in seinem Zimmer einen blauen Buntstift aus der Schublade und schrieb: Doktor Roby. Er legte den Stift zurück, machte einen Schritt Richtung Tür, den Umschlag in der Hand, dann kehrte er doch noch einmal um und legte den Brief gut sichtbar auf den Tisch. Er lief die Treppe hinunter, nahm seinen Koffer und ging ums Haus herum zur Garage.

Drittes Kapitel

Während des Regens

1 Bernard kam die Treppe herunter. Er trug ein hellblaues Hemd, graue Palm-Beach-Hosen und Riemensandalen. Er wandte sich zur Küche und rief nach Louise.

Es schien niemand im Haus zu sein. »Louise?«

Er öffnete die Küchentür und ging ein paar Schritte Richtung Fenster. Dann sah er sich um. Die Sonne schien auf den frisch geschrubbten Fußboden, der an einigen Stellen noch feucht war. Hausschuhe lagen auf einem Stuhl. Er drehte sich um und sah, dass Louises blau-weiße Schürze am Haken hinter der Tür hing. ›Sie ist wohl schon weg‹, dachte er. Er ging zum Fenster. Zwischen den Linden hing Wäsche zum Trocknen. Claires weißes, blau geblümtes Kleid bewegte sich leicht im Wind und hob sich deutlich vom dunklen Hintergrund der Vegetation ab. Neben dem Kleid hing seine ultramarinblaue Badehose an einer einzigen Wäscheklammer. Er lehnte sich aus dem Fenster, streckte den Kopf vor und kniff die Augen zusammen. Das Kleid schien fast trocken zu sein. Jetzt erst erkannte er zwischen den blauen Blumen auch graue Blätter auf dem Kleid, die ihm bisher nicht aufgefallen waren.

»Ja, ja«, murmelte er.

Er drehte sich um. Die Küche war sauber und hell. Die Sonne warf ein großes Rechteck auf den Fußboden, das den ganzen Raum beleuchtete. Er schloss die Küchentür von innen, sprang durchs Fenster in den Hof und hängte die blaue Badehose ab. Das Kleid war noch feucht und roch nach Waschmittel. Ins Blumenmuster waren in regelmäßigen Abständen winzige gelbe Schmetterlinge eingefügt. Eine Wolke schob sich vor die Sonne, und sofort verstärkten sich die Windgeräusche in den Lindenblättern. Er hob den Kopf. Durch die Äste sah er einzelne weiße Wolken vor einem sonst blauen Himmel, aber hinter dem Haus, das hatte er von oben schon gesehen, kündigte sich ein Unwetter an. Er ging über die Terrasse zur Garage. Als die Sonne wieder zum Vorschein kam, sah der Garten im plötzlich einsetzenden Spiel der Schatten und Lichtflecken ausgedörrt und verbrannt aus.

Das Gewitter kam immer näher. Durch die offenen Seitenfenster drang unerträglich schwüle Luft ins Auto. Von der Sonne war nichts mehr zu sehen, und die Bäume am Rand der mattschwarzen Fahrbahn hatten das schmutzige Grau geschmolzenen Bleis angenommen. Er sah auf den Tachometer: 80 Stundenkilometer. Die Straße war bis auf ein paar gut ausgebaute Kurven, die weiter hinten ins Tal hinunterführten, schnurgerade. Er überholte einen Personenwagen, dann einen Lastwagen, dann einen alten Peugeot, der rot und beige wie ein Taxi lackiert war. ›Gleich geht's los‹, dachte er. Er erreichte die Serpentinen, tauchte zwischen der doppelten Reihe der Alleebäume ab, und mit einem Mal war es so dunkel, als wäre es bereits neun Uhr abends. Unten angekommen, fuhr er auf eine von Pappeln gesäumte Wiese. Von dem Freibad, das an dieser Stelle einmal gestanden haben musste, zeugten nur noch ein alter Sprungturm und ein halb im Wasser versunkener Ponton.

Der Regen setzte ein, als er am Ende der Wiese vor dem schmalen Stück Uferstrand anhielt. Rechts von sich nahm er am Ufer eine Bewegung wahr und erkannte augenblicklich das Mädchen, das er gestern beim Schwimmen überholt hatte. Sie lief zu einem nahe gelegenen Pappelwäldchen. Er lehnte sich über den Beifahrersitz und winkte ihr zu, aber sie verschwand hinter den Bäumen. Der Regen wurde stärker. ›Hat sie mich nun gesehen oder nicht?‹, fragte er sich. Er sah auf die Uhr: zwanzig nach vier. ›Das ist jedenfalls nicht die Zeit, um nach Hause zu gehen.‹ In einiger Entfernung donnerte es. Er nahm seine Badehose und überlegte. ›Ich hätte Zigaretten mitnehmen sollen.‹

Der Regen hörte mit einem Mal wieder auf. Hundert Meter links von ihm kam ein halbes Dutzend Jugendlicher aus einer kleinen Hütte. Sie schrien und lachten und schienen sich blendend zu amüsieren. Bernard drehte sich um und hielt vergeblich nach dem Mädchen Ausschau. Er stieg aus, schloss ab und ging zu dem Wäldchen, in dem sie verschwunden war. Das Wasser floss schwarz, träge und doch überraschend klar zwischen den Pappeln am Ufer. Zu sehen war niemand, auch auf der Straße dahinter, vor den Häusern und Gärten suchte er vergebens. ›Eigentlich muss sie mich gesehen haben‹, dachte er. Er folgte der Straße, überquerte die Brücke und stieg am anderen Ufer den Abhang hinunter. Er musste sich auf einem kaum sichtbaren Pfad durch dichtes Unterholz schlagen, bis er nach etwa dreißig Metern zu einer stark abschüssigen Wiese gelangte, die wesentlich schmaler war als die auf der anderen Seite. Auch hier war niemand.

Er ging zur Brücke zurück und blickte auf das glatte, dunkle Wasser der Marne. ›Sie ist wohl nach Hause gegangen.‹ Aber er kehrte doch noch einmal um. ›Vielleicht bin ich nur nicht weit genug gegangen.‹ Gegenüber, auf der Wiese, wo sein Auto stand, spielten ein paar Jungen Fußball.

Wieder unten am Ufer, entdeckte er das Mädchen endlich. Sie trug einen Badeanzug und war gerade dabei, ihre Kleider sorgfältig an den Stamm eines Baumes zu legen. Sie tat so, als hätte sie ihn nicht bemerkt. Bernard näherte sich ihr.

»Guten Tag.«

Sie blickte über die Schulter und stand auf.

»Guten Tag«, sagte sie lächelnd und reichte ihm die Hand. »Willst du auch baden?«

»Ich bin mir noch nicht sicher«, antwortete Bernard.

»Ich gehe auf jeden Fall noch mal ins Wasser«, sagte sie.

Bernard antwortete nicht. Er sah zum Fluss, in dem sich die Bäume und der dunkelgraue Himmel spiegelten. Er legte den Kopf schief und sah sie lachend an.

»Es wird in genau drei Sekunden wieder regnen.«

»Es regnet schon«, sagte das Mädchen und hielt die Hand in die Luft.

»Na also …«

Sie bückte sich, um ihre Sachen einzusammeln, und lief zu einem Baum, dessen dünner Stamm sich über den Fluss neigte. Sie setzte sich rittlings auf den Stamm und drückte ihre Kleidungsstücke an sich.

»Was ist mit dir?«, rief sie.

»Jetzt geht's erst richtig los«, sagte Bernard und zog die Schultern hoch. Er ging auf sie zu und stellte sich unter einen großen Baum, ungefähr zwei Meter von ihr entfernt.

»Der Schauer wird schlimmer als der eben«, sagte das Mädchen.

»Wo hast du dich eigentlich versteckt?«, fragte Bernard.

»Vor der Brücke ist eine Art Unterstand. Du hast wahrscheinlich im Auto gewartet.«

»Hast du mich gesehen?«

»Als ich über die Brücke gelaufen bin, habe ich dich gesehen. Hast du was gesucht? Es sah so aus.«

»Hm«, machte Bernard, dann schreckte er plötzlich zurück. »Ah! Hier regnet es ja durch.«

»Bei mir ist alles bestens«, sagte das Mädchen.

Ganz sicher war sie nicht älter als sechzehn. Ihr weiches, kastanienbraunes Haar reichte ihr bis knapp über die Schultern. Sie runzelte die Stirn. »Meine Kleider dürfen nicht nass werden. Kannst du die bitte mal halten? Ich will sie in die Tasche stecken.«

Bernard ging zu ihr. Sie reichte ihm eine blaue Jerseybluse und einen violett gemusterten Rock und zog eine weiße Leinentasche mit roten Streifen hervor.

»Es tropft durch«, sagte Bernard.

»Ich beeile mich. Reichst du mir bitte die Bluse? Danke, und jetzt den Rock.«

Sie faltete den Rock der Länge nach, rollte ihn zusammen und verstaute ihn in der Tasche.

»Wenn das trocken bleibt, kann ich ruhig nass werden«, sagte sie und drehte sich zu Bernard um. »Danke sehr.«

Er ging zu seinem Baum zurück. Der Regen fiel immer dichter, und die Blätter hielten das Wasser nicht länger auf.

»Hier kommt alles durch!«, jammerte Bernard.

»Dann such dir doch einen besseren Baum, so wie ich«, sagte das Mädchen.

Bernard sah zu ihr herüber, aber so, wie sie auf dem umgekippten Baum saß, war es unmöglich, sich neben sie zu setzen.

»Oh! Ich stelle gerade fest: Mein Platz ist kaum besser als deiner.«

Sie griff in ihre Tasche und zog vorsichtig eine beigefarbene Öljacke hervor. Sie lachte. »Da guckst du, was? Ich habe an alles gedacht.«

»Ich mach das wie du«, sagte Bernard. »Nur umgekehrt.«

Er klemmte seine Badehose zwischen die Knie. »Stört es dich, wenn ich mein Hemd ausziehe?«

»Nein, wieso?«, sagte sie. »Ich kann es auch in meine Tasche stecken.«

»Danke. Wenn meine Haut nass wird, macht das nichts«,

sagte er und reichte ihr das Hemd. »Kann ich dir auch die Badehose geben?«

Sie verstaute beides in ihrer Tasche. Sie betrachtete ihn und lachte.

»Jetzt müssen wir nur noch warten, bis es aufhört.«

Bernard sah auf seine Uhr. Zwanzig vor fünf. »Ist noch früh genug, um hinterher schwimmen zu gehen.«

»Allerdings«, sagte das Mädchen. »Ich gehe nicht nach Hause, bevor ich nicht im Wasser gewesen bin. Wir haben doch nicht September! Augustregen ist erfrischend und angenehm.«

Sie saß mit ernstem Gesichtsausdruck, den Blick unverwandt vor sich auf den Boden gerichtet, auf ihrem Baum und schien echtes Vergnügen beim Anblick der Regentropfen zu empfinden, die an den nassen Grashalmen herunterliefen.

»Unmöglich, hier trocken zu bleiben«, sagte er halblaut.

»Was?«, fragte das Mädchen.

»Die Bäume halten den Regen nicht ab. Wir müssen hier weg.«

»Wo willst du denn hin?« Ihre graublauen Augen sahen ihn aufmerksam an. »Du hast natürlich Recht. Der Regen wird immer heftiger«, fügte sie hinzu.

»Ich bin klatschnass«, sagte Bernard langsam. »Ist doch Quatsch, hier zu bleiben.« Er hob den Kopf. »Ich seh die Wolken direkt über meiner Nase. Du auch?«

»Ja, ich auch«, sagte das Mädchen. Sie rutschte ein wenig nach hinten. »Gemütlich ist es hier nicht, und ich hab's ja noch gut. Besser als du jedenfalls.«

Bernard antwortete nicht: Jedes Mal, wenn ein Blatt nachgab, bekam er eine eiskalte Dusche ab. »Ich seh mich mal um«, sagte er.

»Wo denn?«

»Weiß ich noch nicht. Vielleicht den Abhang hoch. Da sehen die Bäume dichter aus. Wenn ich was Gutes finde, mach ich ein Zeichen. Ich kann's ja mal versuchen.«

»Sicher. Und wenn du dich bewegst, wird dir wieder warm.« Sie sah ihn an und musste lachen. »Du machst ein Gesicht, als ginge es um Leben und Tod.«

Er rannte querfeldein durchs nasse Ufergras. Der Abhang war ziemlich steil, und er musste auf allen vieren bergauf klettern und sich an den Stämmen kleinerer Bäume festhalten. Sie sah erst seinen braun gebrannten Rücken, dann seine helle Hose hinter Blättern verschwinden.

»Ich hab was gefunden«, rief er schließlich.

»Was denn?«

»Einen Baum, genauer gesagt, zwei Bäume nebeneinander. Hier ist es absolut trocken.«

»Sicher?«, fragte sie.

»Absolut. Du kannst kommen.«

Sie nahm die Tasche und lief mit großen Schritten durch den Regen.

»Ist das steil!«

»Ich helfe dir«, sagte Bernard. Er hielt ihr die Hand hin.

»Ich komm schon alleine hoch«, sagte sie.

Sie wollte sich an einem Baum festhalten, rutschte aber ab und fiel auf die Knie.

»Vorsicht!«, rief Bernard.

Er nahm ihre Hand und zog sie zu sich hoch. Sie untersuchte erst ihre Knie und hob dann den Kopf. »Das also ist die tolle Stelle, die du gefunden hast?«

»Auf jeden Fall besser als da unten«, sagte Bernard.

»Na, das hoffe ich doch.« Sie lehnte sich mit der Schulter gegen einen der Stämme. »Ja, du hast Recht.«

Sie drehte ihm den Rücken zu. Sie war etwas kleiner als er. Mit der Nase streifte er fast ihren kastanienbraunen Scheitel, der nach nassen Blättern und Kautschuk roch. Das Wasser lief ihr in dunklen Bächen durch die Haare, dehnte ihre Locken zu dünnen Spiralen, wie das in England einmal Mode gewesen war, und tropfte von dort auf die beigefarbene Regenjacke. Über ihre Schulter hinweg sah Bernard eins ihrer Knie.

»Du bist ja ganz schmutzig geworden«, sagte er.

»Das macht nichts. Das geht schon wieder weg.«

Er fuhr mit den Fingerspitzen über den körnigen Fleck. »Das ist nasser Sand, kein Dreck.«

»Ja, ja, schon gut«, sagte sie und rieb den Sand ab.

Er zog seine Hand zurück und versuchte, ihr ins Gesicht zu sehen.

»Das gibt gleich eine steinharte und wasserundurchlässige Kruste, wenn es trocknet, weißt du das?«

»Ja«, sagte sie tonlos, ohne sich zu ihm umzudrehen.

So, wie sie vor ihm stand, war es ganz einfach, ihr die Hand auf die Schulter zu legen. Sie hatte sich von ihm abgewandt und schien ihn nicht zu beachten. Die Beschichtung der Regenjacke war rau. Seine Berührung verursachte ein hässliches Kratzgeräusch. Sie zuckte zusammen.

»Ist dir kalt?«, fragte er.

Sie drehte sich so zu ihm um, dass Bernard seine Hand wegnehmen musste.

»Nein, mir geht es bestens«, sagte sie, lehnte sich mit dem Rücken gegen den Baum, verschränkte ihre Hände vor dem Bauch und ließ die Tasche übers Knie baumeln. »Ich sehe furchtbar gern dem Regen zu. Ich mag diese wunderschöne Landschaft hier.«

»Ja«, sagte Bernard. »Der Strand von Percy gefällt mir auch nicht so gut, obwohl das bei mir direkt um die Ecke ist.«

»Ich mag überhaupt keine Strände. Da hocken sich die Leute zu dicht auf der Pelle, finde ich«, sagte das Mädchen.

»Ganz genau«, sagte Bernard. »Ich gehe eigentlich auch lieber im Regen spazieren. Nur blöd, dass man dabei so leicht die Kleidung ruiniert. Ganz schön kalt übrigens.« Er rieb sich heftig über die Oberarme. Nach einer Weile fuhr er fort: »So wie jetzt ist es mir übrigens schon einmal ergangen. Ich bin klitschnass geworden. Aber weil ich mit einem Mädchen zusammen spazieren war, konnte ich die nassen Sachen nicht ausziehen. Dumm, was?«

»Wenn sie wie ich gewesen wäre, hätte sie dafür Verständnis gehabt«, sagte sie.

»Aber ich kannte sie kaum«, sagte Bernard, »und wir waren nicht am Strand. Sie hätte auf komische Gedanken kommen können …«

»Nun ja. Besonders schicklich erscheint mir unsere Situation aber auch nicht«, sagte sie und sah ihn dabei an.

»Oh …«, sagte Bernard.

»Ich könnte auch … Ich meine: Die Leute könnten wer weiß was denken. Aber ich bin da nicht so zimperlich.«

Er lehnte sich mit dem Knie gegen den Stamm, sein nackter Arm berührte den rauen Stoff der Regenjacke. Ein Kälteschauer durchlief ihn.

»Ganz schön kalt«, sagte er mit zusammengebissenen Zähnen.

»Ich bin ja großzügig, aber für mich selbst habe ich strenge Prinzipien«, sagte sie. »Man muss natürlich modern sein. Und ich glaube schon, dass in der heutigen Zeit so etwas wie Freundschaft zwischen Jungs und Mädchen möglich ist«, sagte sie, ohne ihn anzusehen. Ihre Stimme war fest und schien keinen Widerspruch zu dulden. »Manchmal habe ich allerdings so meine Zweifel«, fuhr sie fort, ohne seine Antwort abzuwarten. »Alles artet in einen Flirt aus, zumindest bei den meisten Jungs. Wenn du also nur hier bist, um mit mir zu flirten, dann verschwendest du deine Zeit.«

»Ich gebe dir in allen Punkten Recht«, sagte Bernard. »Absolut Recht.«

Sie sah ihn an und lachte. »Wie meinst du das?«

»Ich verschwende hier bloß meine Zeit. Da denke ich genauso wie du«, fügte er hinzu.

Er zog seine Hand zurück, die er dorthin gelegt hatte, wo ihr die nassen Locken auf die Schulter fielen, und wischte sich die Stirn trocken.

»Ist das wirklich so?«

»Das ist wirklich so. Ich bin in allem deiner Meinung.

Ich will's zumindest mal versuchen«, ergänzte er halblaut. Er fuhr sich mit den Fingern durch die Haare. »Ich fühle mich wie frisch geduscht. Jetzt fehlt nur noch, dass wir eine Runde schwimmen gehen, um uns aufzuwärmen.«

Sie antwortete nicht. Die Jacke reichte bis zu ihren runden, muskulösen Schenkeln. Die Tropfen fielen von der Kante des Stoffs auf die weiche gebräunte Haut und rannen von dort bis zu den mit Sand verkrusteten Knien. Er stieß sich vom Baum ab und stellte sich vor sie.

»Wie heißt du eigentlich?«, fragte er.

»Huguette. Und du?«

»Bernard. Ich glaube, es hört langsam auf«, sagte er.

Der Regen ließ in der Tat nach, und das Licht, das durch die Blätter drang, wurde langsam heller. Kaum waren die letzten Tropfen gefallen, rannten sie hinunter zum Ufer.

»Hier bleibe ich aber nicht«, sagte Bernard.

»Gut. Der Fluss hat hier zwar kaum Strömung. Aber wir können auch auf der anderen Seite reingehen. Hier ist mir das Ufer ohnehin zu schlammig.«

»Du willst also wirklich schwimmen gehen?«, fragte Bernard und folgte ihr.

»Wir sind sicher die Einzigen, die jetzt schwimmen gehen«, sagte sie.

Beim Aufstieg zur Brücke hielt sie ihren Körper vollkommen gerade. Der Stoff ihrer Tasche streifte die glatte Haut ihrer Wade, die sich bei jedem Schritt straffte.

»Wir sind nicht gerade korrekt angezogen, um über die Straße zu laufen«, sagte sie lachend.

»Das macht doch nichts. Wir sind hier auf dem Land«, meinte Bernard.

»Nicht ganz. Und selbst da gehe ich nicht gern halb nackt an bewohnten Häusern vorbei. Nachher wird das noch von irgendjemandem falsch aufgefasst.«

»Kennst du hier wen?«

»Nein. Das meine ich nicht.«

»Immerhin habe ich eine Hose an und du eine Jacke«, fügte Bernard hinzu. »Nur dumm, dass wir zu zweit sind.«

Sie lachte. »Und in Wirklichkeit stört uns nicht mal das«, sagte sie.

Sie gingen hintereinander auf dem schmalen Bürgersteig am Brückengeländer entlang. Ein Auto fuhr vorbei. Als das Motorengeräusch verebbte, fragte sie: »Ist dir noch kalt?«

»Geht so, und dir?«

»Mir ist noch nie so warm gewesen.«

Sie machte große Schritte, ohne dass sich ihre Schultern merklich hoben. Wenn sie sich zu ihm umwandte und sprach, straffte sich ihr schmaler Hals. Ihr Profil war scharf geschnitten, und doch waren alle Linien geschwungen, wie bei einem kunstvoll gearbeiteten Fayence-Geschirr. Bernard ließ sich zurückfallen, um ihr zuzusehen. Mit gleichmäßigen Schritten stieg sie zu der halb verrotteten Plattform hinab, die nur wenige Meter neben seinem Auto ins Wasser ragte. Sie stellte ihre Tasche ab, zog die Jacke aus, dann ihre Sandalen. Sie legte die Jacke auf die Tasche, hob beides an, schob die Sandalen darunter und ging zum Wasser.

»Ich komme. Warte auf mich«, rief er. »Meine Badehose ist noch in deiner Tasche.«

Als er sich umgezogen hatte, war sie schon bis zu den Oberschenkeln eingetaucht und tastete sich vorsichtig weiter. Die Arme hatte sie ausgestreckt, um auf dem steinigen Untergrund das Gleichgewicht nicht zu verlieren.

»Und? Wie ist es so?«, fragte er.

»Wunderbar. Das Wasser ist mir noch nie so warm vorgekommen«, antwortete sie mit sanfter Stimme und lächelte. »Also, was ist jetzt? Kommst du?«

»Ich habe Ja gesagt, und dabei bleibe ich«, antwortete er mit Nachdruck.

Als ihr das Wasser bis zum Bauch reichte, nahm sie die Hände nach vorne, ging in die Knie und glitt ohne Wellenschlag ins schwarze Wasser. Sie drückte die Brust heraus und reckte den Kopf so weit wie möglich aus dem Wasser, hielt ihn dabei aber leicht schräg. Von ihrem Körper war kaum noch etwas zu sehen. Bernard ging bis zum Rand des Pontons und sprang mit einem Kopfsprung in den Fluss. Er tauchte erst auf der anderen Seite an einer Stelle wieder auf, wo Weidenäste bis ins Wasser hingen. Sie war noch nicht einmal in der Mitte des Flusses angelangt. Ihre Lippen waren zu einem unbeirrbaren Lächeln erstarrt, ihr Kopf schwebte gleichmäßig wie ein Fesselballon über die glatte Oberfläche. Er wartete.

»Das ist herrlich«, sagte sie, als sie sich langsam aus dem Wasser erhob. Sie strich sich eine Strähne aus dem Gesicht.

Bernard betrachtete die weiche Linie ihrer nassen Schultern. Kälte oder Hitze schienen auf diese Haut keinen Einfluss zu haben, als wäre sie aus Email. Sie war eher kräftig, doch ihre Taille war schmal, was die geschwungene Linie ihrer Hüften betonte. Ihr dunkelblauer, eng anliegender Badeanzug schien Teil ihrer Haut zu sein und diese fortzusetzen wie bei einer bemalten Statue.

»Ist ja unglaublich, wie du zitterst«, sagte sie. »Bist du so erschöpft?«

»Nein«, sagte Bernard. »Ist wohl eher, weil ich mich zu wenig bewege.«

Er sprang ins Wasser und kraulte drauflos, wobei er heftig mit den Füßen ins Wasser schlug. Nach etwa dreißig Metern ging ihm die Luft aus, und er kehrte brustschwimmend zu ihr zurück. Er versuchte, zum anderen Ufer hinter ihr herzuschwimmen, aber das war zu mühsam, weil sie so langsam war. Er spürte, wie sein Körper allmählich die Temperatur des Wassers annahm.

»Warum tauchst du den Kopf nicht unter?«, rief er. »Da kommst du doch viel schneller voran.«

»Das mache ich nicht so gern«, sagte sie. »Ich finde es besser, wenn man sieht, wo man hinschwimmt. Was hast du davon, wenn du schneller bist?«

Sie klammerte sich an einen der Pfeiler des Pontons, und Bernard suchte direkt neben ihr Halt.

»Vor kurzem bin ich auf die Art sogar bis zum Schloss geschwommen«, setzte sie fort. »Allerdings bin ich hinterher mit dem Boot wieder hochgefahren.«

»Aha«, sagte Bernard.

»Ich schwimme am liebsten allein. Besonders frühmorgens ist die Marne wunderschön. Da kann man kilometerweit schwimmen, ohne gestört zu werden.«

»Ich komme derzeit nicht dazu, längere Strecken zu schwimmen«, sagte Bernard. »Ich bedaure das sehr.«

Sie machte jedoch keine Anstalten, noch einmal zur anderen Seite zu schwimmen, und er hatte nicht den Mut, die Querstrebe loszulassen, an der er sich mit einer Hand festhielt. Das Wasser war so schwarz, dass er nicht einmal seine Beine sah, die er an den Körper herangezogen hatte, um sich zu wärmen. Er sah sie an und sagte lächelnd: »Ich bewundere dich.«

Er spürte das Gewicht seines Körpers nicht mehr, nicht das Wasser, das ihm während des Regens hart und schneidend vorgekommen war, jetzt aber leicht wie Luft seine Brust umspielte. Große dunkelgraue und weiße Wolken glitten scheinbar tief unter der Wasseroberfläche an verkehrt herum stehenden Uferbäumen entlang. Ein abgebrochener Ast schwamm durch das Bild. Sein Blick folgte dem Ast. Dann sah er wieder auf die Wolkenspiegelung im dunklen Wasser. Ein leichter Wind hatte sich erhoben, und das Rascheln in den Blättern der Bäume übertönte die Fußballspieler, die sich auf der angrenzenden Wiese etwas zuriefen.

»Was ist los? Schläfst du?«, fragte Huguette.

»Ich glaube, ich muss raus«, sagte er. Er stieß sich mit dem Fuß vom Pfeiler ab und schwamm zum Ufer.

›Ich mache mir gleich einen schönen Tee‹, dachte Bernard. ›Am besten einen Grog mit viel Rum.‹

Sie hatten den Anstieg hinter sich gelassen. Er schaltete in einen höheren Gang, der Wagen schoss in die anschließende Gerade. Sie saß neben ihm und sah zufrieden lächelnd vor sich auf die Straße. Der Wind hatte ihre Wangen gerötet. Ihr Haar war fast trocken und fiel ihr in großen Wellen über die Schultern. Sie saß kerzengerade. Ihr violetter Rock breitete sich über die beigefarbenen Sitzpolster aus. Bernard warf einen Blick auf den Tachometer: 85. ›Ich fahre viel zu schnell‹, sagte er sich. ›Aber sie scheint keine Angst zu haben.‹

Ein Auto setzte zum Überholen an und hupte.

»Was machen diese Idioten da!«, rief er entrüstet. »Wenn die vorbeiwollen, müssen sie Gas geben und nicht hupen.«

Das Auto zog nur langsam vorbei und scherte dann plötzlich vor ihnen ein.

»Scheiße«, schrie Bernard und trat mit aller Kraft auf die Bremse.

Das Mädchen drückte sich gerade noch rechtzeitig mit den Händen von der Windschutzscheibe ab und landete an Bernards Schulter. Ein schwarzer Lieferwagen rauschte vorbei. Der Wagen, der sie überholt hatte, war schon nicht mehr zu sehen.

»So ein Mist«, rief er. »Ich habe gedacht, die halten an. Ich weiß auch nicht, warum ich das gemacht habe.«

Er drehte sich zu ihr um. Sie war bleich geworden.

»Hast du Angst gehabt?«

»Nein, aber ich habe das nicht ganz verstanden …«

»Ich weiß nicht, warum ich das gemacht habe«, wiederholte er. »Ich habe wirklich gedacht, die bremsen mich aus. Das war völliger Schwachsinn.«

»Es ist ja nichts passiert«, sagte sie.

Sie raffte ihre Tasche zusammen, die bei der Vollbremsung in den Fußraum gefallen war, und legte die Hand auf den Türgriff.

»Willst du jetzt schon aussteigen?«, fragte Bernard.

»Ja«, sagte sie und reichte ihm die Hand. »Ich möchte lieber nicht im Auto gesehen werden. Danke trotzdem!« Sie schlug die Beifahrertür mit Schwung zu und überquerte die Straße hinter dem Auto.

2

Das Mädchen neben ihr trug ein schwarz geblümtes Kleid, hatte das Kinn auf die Hand gestützt und döste vor sich hin. Elisabeth sah aus dem Fenster und betrachtete die Alleebäume und die Menschenmassen, die in diesem fahlen, grauen Licht die Bürgersteige entlanghasteten. Der Mann ihr gegenüber faltete seine Zeitung zusammen, steckte sie in die Innentasche seines Jacketts und warf ebenfalls einen Blick aus dem Fenster. Sie fuhren seit einigen Minuten einen belebten Boulevard entlang. Elisabeth blickte ins Wageninnere. Ihre Augen ruhten für einen Moment auf dem Mädchen, dann setzte sie sich bequemer im Sitz zurecht. Der Mann ihr gegenüber war mindestens Mitte vierzig. Sein Gesicht leuchtete violettrot, ein Schweißtropfen rann ihm langsam die Nase herunter. Der Bus hielt. Der Mann stand auf, nahm sein Gepäck, und für einen kurzen Augenblick hatte Elisabeth sein wie ölig glänzendes Gesicht mit den vielen geplatzten Äderchen direkt vor sich. Als er ausgestiegen war, setzte sich das Mädchen kurz auf, um ihren Rock glatt zu streichen. Zwei auffällig herausgeputzte Frauen stiegen zu und nahmen gegenüber Platz. Der Bus fuhr weiter.

›Nächste Haltestelle‹, dachte Elisabeth.

»Das musste einfach sein …«, sagte die eine der beiden Frauen. Sie wirkte vulgär mit ihren gefärbten und üppig toupierten Haaren, die wohl erst kürzlich vom Friseur in Form gebracht worden waren.

»Das glaube ich dir«, sagte die andere. Sie warf einen kurzen Blick auf Elisabeth.

»Das war vielleicht was«, sagte die erste.

»Ja«, sagte die andere. Sie sah erneut Elisabeth an. Diesmal hielt sie ihrem Blick stand, woraufhin Elisabeth schnell zu Boden blickte.

»Im Nachhinein kommt mir das wie ein netter Ausflug vor«, nahm die erste das Gespräch wieder auf. »Dabei war es unglaublich heiß dort. Stell dir mal vor. Jeden Tag so heiß wie heute.«

Elisabeth rutschte ein wenig auf ihrem Sitz hin und her.

»Furchtbar. Ich ersticke gleich. Ich hätte auf jeden Fall was anderes anziehen sollen als das Kostüm hier.«

Beide Frauen trugen helle Kleider aus Cretonne. Elisabeth drehte den Kopf zum Gang. Auf der anderen Seite saßen drei Männer. Der Bus hielt. Sie blickte verwundert hinaus.

»Ist das schon Réaumur?«, fragte sie laut.

»Rue de Réaumur ist die nächste. Der Bus hält hier normalerweise nicht«, sagte eine der Frauen.

»Ach? Wieso das?«, fragte die andere.

»Hier hält der nur bei Bedarf«, antwortete die Erste.

Elisabeth sah auf ihre Armbanduhr. ›Zwanzig vor. Gehen wir mal von einer halben Stunde Wartezeit aus, dann bin ich spätestens um vier fertig … Das ist heute wirklich der heißeste Tag des Jahres.‹

Vor den Schaufenstern standen zahlreiche Passanten und

betrachteten die Geschäftsauslagen. Im bleiernen Licht des aufkommenden Gewitters wirkten die Farben der Sommerkleider besonders intensiv. Das Mädchen führte eine Hand zum Mund und gähnte. ›Falls ich überhaupt warten muss!‹, dachte Elisabeth.

Sie versuchte, sich das Wartezimmer vorzustellen. Den eigenartigen frischen Geruch und die wuchtigen Ledermöbel. Sie stand auf.

»Das ist jetzt Réaumur«, sagte die Frau, wie zu sich selbst.

»Danke. Darf ich bitte?« Elisabeth schob sich an den Fahrgästen vorbei, die im Gang standen. Durch die Tür zur Plattform wehte ein heißer Luftzug, der nach Schweiß und Abgasen roch.

Im Wartezimmer saß nur eine junge Frau. Elisabeth nickte ihr kurz zu und ging dann zu einem Sessel am Fenster. Auch hier war es heiß, aber nicht so schwül wie auf der Straße, so als ob die Stille auch die Luft erträglicher machen würde. Die Fenster waren geschlossen, die Rouleaus heruntergelassen. Der Lärm drang wie das Tageslicht nur gedämpft herein.

Die junge Frau saß sehr aufrecht und starrte bewegungslos auf eine Stelle oberhalb von Elisabeths Kopf. Sie hatte die Hände über ihren Knien verschränkt und hielt so gleichzeitig ihre Tasche und ein Buch fest. Zwischen den Fingern sah man einen Buchrücken. Elisabeth stand auf, streckte die Hand aus, nahm die erstbeste Illustrierte vom Tisch und legte sie auf ihre Knie, ohne sie aufzuschlagen.

Die junge Frau öffnete ihre Tasche, nahm einen Füllfederhalter heraus und schraubte die Kappe ab. Sie schrieb drei oder vier Worte auf den Buchumschlag, schraubte den Füllfederhalter wieder zu und steckte ihn in ihre Tasche zurück. Sie hob den Kopf und sah zu Elisabeth herüber, die sofort ihren Blick senkte. Das Foto auf dem Titelblatt zeigte den Einmarsch der deutschen Truppen in Wien. Elisabeth suchte nach dem Datum, 19. März. Im Bus hatte der Mann beim Aufstehen ihr Knie gestreift, dann auch das des Mädchens. Leicht nach vorne gebeugt, war er als letzter Fahrgast ausgestiegen, wobei er sich auf die Haltestangen gestützt hatte. Er war kurz aus ihrem Blickfeld verschwunden, aber wenig später vor dem Fenster wieder aufgetaucht. Sie hatte noch gesehen, wie er sich mit der Hand den Schweiß von der Nase wischte, dann hatte sie weggesehen.

Sie hob den Kopf. Die junge Frau senkte den Blick und vertiefte sich scheinbar in das, was sie vorhin geschrieben hatte. Elisabeth schlug die Zeitschrift auf. »Nudistencamp an der Côte-d'Azur eröffnet.« Sie schlug die Seite um. »Interview mit Ribbentrop.« Sie blätterte weiter. »In den USA sterben stündlich 65 Menschen im Straßenverkehr«. ›Fünfundsechzig!‹, dachte sie.

Die Tür des Sprechzimmers öffnete sich.

»Madame Tournon«, sagte der Zahnarzt.

Die junge Frau stand auf und folgte ihm.

Elisabeth griff nach einer weiteren Ausgabe von »Paris-Match«. Sie datierte vom Januar 1938. Die Luftaufnahme auf dem Titelbild zeigte einen Flugzeugangriff auf eine spanische Stadt. Sie blätterte ein wenig in dieser Ausgabe und legte dann beide Zeitschriften zurück. Die auf dem Kaminsims stehende Bronze-Standuhr tickte laut. Das Mobiliar im Louis-seize-Stil war ziemlich abgenutzt, die Stühle und den Ecktisch zierten goldene Bordüren. Nur die drei Ledersessel waren modern. An der Wand hingen Kunstdrucke aus dem achtzehnten Jahrhundert und Landschaftsbilder mit rosa und weißen Bergen. Der grünbeige Perserteppich war an einigen Stellen so abgetreten, dass die Kettfäden blank lagen. Ihre Augen hatten sich inzwischen an das Dämmerlicht gewöhnt, und sie bemerkte erst jetzt die Zimmerpflanze, die in einer schattigen Nische zwischen Eingangstür und Sprechzimmer stand. Sie nahm eine neue Illustrierte, ohne sie aufzuschlagen.

›65 in einer Stunde‹, dachte sie nur. ›Das kann doch fast nicht sein. Andererseits sind die USA viel größer als Frankreich. Und hier fahren die Leute auch vernünftiger. 65 mal 24, das macht 2 mal 6 gleich 12. 2 mal 5 sind 10. Das macht ... circa 300. Dann haben die aber auch die Nachtstunden mitgerechnet ...‹ Sie suchte die Ausgabe heraus und fand schließlich den Artikel. »Wie der New York Herald berichtet, gab es am Pfingstsonntag in den USA 780 Todesopfer bei Verkehrsunfällen. Wenn man bedenkt, dass tödliche Unfälle so gut wie nie in den Nachtstunden von neun Uhr abends bis neun Uhr morgens passieren, dann bedeutet das: Tagsüber sterben im Schnitt stündlich 65 Menschen auf Amerikas Straßen. Ostern 1935 waren es sogar 95 Todesfälle pro Stunde. Dass die Zahlen leicht gesunken sind, ist offenbar technischen Verbesserungen zuzuschreiben. Insbesondere in der ...«

Sie blätterte weiter. Die letzten Seiten waren Werbeanzeigen: »Gibbs. Drei Minuten Zahnpflege zweimal täglich morgens und abends garantieren Ihnen dauerhaft gesunde Zähne! 1. Geben Sie reichlich Gibbs-Zahnpasta auf Ihre Zahnbürste. Verteilen Sie Zahncreme auf der Innenseite Ihrer Zähne sowie auf den Kauflächen der Backenzähne. 2. Bürsten Sie immer mit senkrechten Putzbewegungen, vor allem an den Schneidezähnen. Sorgen Sie dafür, dass keine Speisereste zwischen den Zähnen hängen bleiben. 3. Bürsten Sie zum Schluss noch einmal waagerecht außen über Ihre Schneide- und Eckzähne. Danach werden Ihre Zähne strahlend weiß glänzen!«

›Drei Minuten! So lange putze ich mir nie die Zähne‹, sagte sie sich. ›Außerdem werden auch gut gepflegte Zähne mit der Zeit immer schlechter.‹ Sie blickte auf und geriet ins Grübeln. Heute früh hatte sich Bernard merkwürdig benommen. Als hätte er das Gespräch über ihn belauscht. Sie sah sein gelangweiltes, missmutig dreinblickendes Gesicht vor sich. »Ich kann gerne mitkommen«, hatte er gesagt und fast darauf bestanden. Es gab sicher einen Grund, warum er unbedingt nach Paris fahren wollte … ›Woran habe ich eben noch gedacht?‹, fragte sich Elisabeth plötzlich. ›Doch nicht an heute Morgen, sondern … Ach ja, an meine Zähne …‹

Ihr Blick fiel auf die Anzeige. ›Wie einfältig von mir! Ich lese Werbung, als ob sie die reine Wahrheit verkündet.‹

Sie warf die Zeitschrift auf den Tisch, traf aber nur die Tischkante. Elisabeth stand auf, um sie ordentlich auf den Stapel zu legen. ›Es ist ungewöhnlich, allein im Wartezimmer eines Zahnarztes zu sitzen. Wie merkwürdig, dass niemand kommt – Worüber habe ich vorhin bloß nachgedacht?‹ Sie betrachtete die grauen Kupferstiche gegenüber, das Landschaftsbild daneben. Ein violetter Tannenwald wurde von zerklüfteten gelb-rosa Felsen überragt. ›Was war es bloß …?‹ Sie blickte angestrengt zu Boden. Es ging nicht um Zahnpasta, sondern etwas viel Wichtigeres. Aber was?

›Irgendetwas wegen Bernard‹, dachte sie. ›Wir hätten von Anfang an anders mit ihm umgehen müssen. Vor allem ich. Marie-Thérèse ist zwar manchmal launisch, aber wesentlich umgänglicher.‹ Elisabeth lächelte: ›Richtig pflegeleicht! Madame Tronc hat gesagt, man könnte glauben, ein Püppchen vor sich zu haben. Das muss an den Haaren liegen. Wie stolz sie war, als sie heute Mittag die Blumensträuße hereingebracht hat. Und ich habe auch noch gescherzt: »Schatz, du würdest ein gutes Dienstmädchen abgeben.« Claire hat gelacht und applaudiert. »Sie hat das ganz toll gemacht.« Wir haben alle drei gelacht. Sie ist wirklich kein schwieriges Kind. Und wie habe ich sie gerade genannt? Pflegeleicht? Nein, sie ist einfach unkompliziert und hilfsbereit. Bernard ist ein Trotzkopf. Er rollt sich immer gleich wie ein Igel ein.‹

Die Tür öffnete sich. Elisabeth stand auf.

»Madame Roby! Guten Tag. Wie geht es Ihnen?«

»Sehr gut, danke.«

Der Arzt bat sie ins Sprechzimmer. »Alle gesund bei Ihnen zu Hause? Der Doktor, die Kinder? Setzen Sie sich doch.«

Elisabeth setzte sich auf den Behandlungsstuhl.

»Schauen wir doch mal.«

Sie öffnete den Mund.

»Aha.« Der Arzt kratzte vorsichtig mit einer Sonde die provisorische Füllung aus dem Zahn. Elisabeth spürte die kleinen Bröckchen auf ihrer Zunge, die nach Phenol schmeckten.

»So. Und jetzt bitte den Mund ausspülen.«

Elisabeth folgte der Aufforderung und ließ sich anschließend zurücksinken.

»Dauert es noch lange?«, fragte sie.

»Nein. Wir sind in zehn Minuten fertig. Ich muss nur die letzten Reste der Füllung entfernen.«

Elisabeth richtete sich auf.

»Ich meine, insgesamt. Wie oft werde ich noch für den Zahn kommen müssen?«

»Dreimal, Madame. Den Abdruck kann ich erst nächstes Mal machen.«

»Verstehen Sie, Doktor. Wenn das irgendwie möglich ist, würde ich die Sache gerne schneller hinter mich bringen.«

»Das verstehe ich gut«, sagte der Arzt, beugte sich über den Glastisch, auf dem seine Werkzeuge lagen, und öffnete einen Metallschrank, dem er ein Fläschchen mit grünem Etikett entnahm.

»Bei dieser Hitze …«

»Das ist es nicht. Wir haben im Augenblick Sommergäste.«

»Ach, aus Ihrer Familie? Oder ist der Cousin Ihres Mannes da?«

»Nein, ein ziemlich entfernter Vetter von mir. Er war letztes Jahr im September schon mal hier. Ich meine, Sie hätten ihn sogar gesehen.«

»Ach ja, letzten September. Da war ein junger Mann, ein Monsieur Landeau, wenn ich mich nicht irre. Und das ist Ihr Cousin?«

»Ja. Sie haben wirklich ein außergewöhnlich gutes Gedächtnis.«

»Na ja, manche Namen behält man eben besser als andere«, sagte der Arzt. »Landeau … Ist er nicht Ingenieur?«

»Richtig.«

»Er arbeitet in Ivry, in einer Düngemittelfabrik, nicht wahr?«

»In Ivry schon, aber sie stellen Farbstoffe her. Wirklich erstaunlich, was Sie sich alles merken.«

Der Arzt lachte. »Nein. Es gibt einfach Einzelheiten, die behält man besser als andere. Ich bin übrigens sicher, dass Sie ihn nicht als Ihren Cousin vorgestellt haben.«

»Das kann schon sein«, sagte sie.

Er setzte den Bohrer an. Elisabeth zuckte zusammen, und er hielt sofort inne.

»Tut das weh?«

»Nein, überhaupt nicht«, sagte sie und lachte. »Selbst das Geräusch stört mich nicht mehr. Ich habe mich dran gewöhnt. Ich weiß auch nicht …«

Er entfernte die Reste des Provisoriums.

»Letztes Mal habe ich die kariösen Stellen vollständig entfernt. Ich könnte heute die endgültige Füllung einsetzen, wenn Sie wollen.«

»Sehr gerne«, sagte Elisabeth.

Die Scheiben unterhalb des Fensterkreuzes waren mattiert. Durch die oberen sah sie die weißen Fassaden der Häuser auf der anderen Straßenseite. Vor den Fenstern hingen rote Rouleaus.

›65‹, dachte Elisabeth. ›65 tödliche Unfälle in der Stunde. Bernard!‹ Plötzlich wusste sie wieder, woran sie gedacht hatte: Sie sah Bernard vor sich, wie er vorgestern Abend allein mit dem Auto zurückgekommen war. Viel zu schnell hatte er die letzte Kurve vor dem Haus genommen und wäre dabei um ein Haar mit einem entgegenkommenden Tanklastwagen zusammengestoßen. ›Ich bin wahrscheinlich zu ängstlich. Das hat nichts zu bedeuten ... Bernard!‹ Sie versuchte, sich sein verschlossenes Gesicht mit den eigensinnigen Zügen ins Gedächtnis zu rufen, seine in die Höhe gekämmten Haare. ›Ich glaube nicht, dass er Michel sonderlich mag. Michel ist ihm sicher zu weich, zu reserviert, aber auch zu undurchsichtig. Es ist schon lustig zu beobachten, wie sie miteinander reden. Man hat den Eindruck, es ist ihnen beiden unangenehm. 65 in der Stunde, das war es.‹

Der Zahnarzt nahm eine Watterolle und hielt sie ihr vors Gesicht. »Und jetzt machen Sie den Mund bitte weit auf«, sagte er.

Es regnete in Strömen. Elisabeth betrachtete beiläufig die Taschen in der Schaufensterauslage und lehnte sich mit der Schulter gegen die Scheibe. Es schien nicht aufhören zu wollen; die Tropfen spritzten vom Teer bis über den Bordstein hoch. Zwei Radfahrer hielten an, hievten ihre Räder auf den Bürgersteig und stellten sich neben sie unter die Markise des Lederwarengeschäftes. Inzwischen hatte sich ein gutes Dutzend Passanten dort eingefunden. Elisabeth hob den Arm, um auf ihre Uhr zu sehen, ließ ihn aber wieder sinken, weil zwei junge Männer auf sie zugerannt kamen. Einer von ihnen rempelte sie mit der Schulter an. Elisabeth sagte nichts, aber ein Mann neben ihr beschwerte sich: »Können Sie nicht aufpassen?«

Der Regen kam jetzt schräg von vorne. Die beiden jungen Männer drängten sich neben sie. Elisabeth stieg Tabakdunst, der Geruch nasser Haare und feuchter Kleidungsstücke in die Nase. Einer von ihnen war ungewöhnlich groß. Er hatte sich ans Schaufenster gelehnt. Elisabeth sah nur den beige karierten Ärmel seines Jacketts, auf dem das Regenwasser dunkle Streifen hinterließ. Sie drehte sich von ihm weg. Vor dem Lederwarengeschäft war zwischen den Bäumen eine Pfütze entstanden. Regentropfen klatschten dicht nebeneinander auf die Wasserfläche, kleine weiße Fontänen sprangen hoch und fielen dann in die Pfütze zurück.

»Sie hat mich einfach abblitzen lassen«, sagte der kleinere der beiden jungen Männer.

»Tja, so kann's gehen«, sagte der Große.

Ein Passant stellte sich vor Elisabeth und klappte vorsichtig seinen Schirm zusammen.

»Aber dieser Michel, der kann mich mal kreuzweise«, sagte der erste.

Der Große lachte laut. »Also, jetzt erzähl endlich: Was hat sie gesagt?«

»Was glaubst du denn? Sie war sehr zufrieden mit sich und der Welt.«

»Das heißt doch nichts. Bei der musst du rangehen.«

»Ach, vergiss es. Soll sich dieser Dingsda doch mit ihr rumärgern.« Die beiden lachten.

»Das hört ja überhaupt nicht mehr auf«, sagte eine ältere Frau und suchte Elisabeths Blick, obwohl sie den Satz nicht speziell an sie gerichtet hatte.

Rechts von Elisabeth ging jemand auf die Bemerkung ein: »Selbst mit Schirm hat das im Moment keinen Zweck.«

»Tja, so ist das, mein Lieber«, setzte der Kleinere das Gespräch fort. »Bei der Sorte Mädels weiß man nie. Die kannst du drei Monate lang mit der Karre durch die Gegend kutschieren und dann …«

Die ältere Frau öffnete ihren Schirm und ging mit übertrieben großen Schritten davon. Sie versuchte den Pfützen auszuweichen, doch das war unmöglich, denn der Bürgersteig war inzwischen eine einzige Wasserfläche.

»Ja, so ist das, mein Lieber.«

Elisabeth wurde angestoßen und wich einen Schritt zur Seite.

»Entschuldigung«, sagte der großwüchsige junge Mann. »Tut mir Leid.«

»Er kann sich bei seiner Größe nur schwer auf den Beinen halten«, sagte der andere.

»Blödmann.«

Wann hört das endlich auf, dachte Elisabeth. Auch unter den Bäumen stand mittlerweile das Wasser. Auf der Straße fuhren nass glänzende Limousinen vorbei. Das Spritzwasser schwappte immer wieder über den Bürgersteig.

Elisabeth sah auf die Uhr. ›Fünf Uhr. Ich werde den Zug um sieben Uhr vierzig nehmen. Sie rechnen ohnehin nicht früher mit mir.‹

Wie große, blinde Käfer pflügten sich die Autos langsam und gleichmäßig durch die senkrechte Schraffur der Regentropfen. ›Was für Mengen da herunterkommen‹, dachte sie. Ein Lastwagen fuhr ganz nah am Bordstein vorbei und verdeckte für einige Sekunden den Rest der Straße. Dann setzte der regelmäßige Strom der Personenwagen wieder ein. Das gleichförmige Prasseln der Regentropfen schien ihnen den Rhythmus vorzugeben. ›Ich weiß, was ihm fehlt‹, dachte Elisabeth. ›Michel wirkt zwar sehr entschieden, aber er ist im Grunde genommen furchtbar unentschlossen. Bernard auf seine Art auch, aber wesentlich weniger.‹

Der Regen hörte plötzlich auf, und sofort füllten sich die Straßen wieder mit Passanten. Elisabeth überquerte die Kreuzung des Boulevard Saint-Denis und ging Richtung Gare de l'Est. Immer wieder musste sie Pfützen ausweichen, die manchmal die ganze Breite des Bürgersteigs einnahmen. An der Ecke zur Rue Château-d'Eau versperrten zwei geparkte Lastwagen den Durchgang. Sie wartete einen Augenblick, um eine junge Fahrradfahrerin vorbeizulassen, dann wechselte sie die Straßenseite.

»Mein Gott, was ist da los?«, sagte eine Stimme neben ihr. Elisabeth blickte auf die Straße. Zwei Fahrradfahrer hatten sich ineinander verhakt, gerieten aus dem Gleichgewicht und stürzten nahezu geräuschlos zu Boden. Sie standen beide gleich wieder auf. Dem jungen Mann im hellen Anzug bereitete das offenbar Schmerzen. Er hielt sich das verletzte Knie. Das Mädchen richtete sich mühelos auf, fasste sich jedoch mit der Hand an die Schläfe. Der junge Mann humpelte zu seinem Fahrrad zurück und musste sich, als er das Fahrrad aufheben wollte, erneut das Knie halten. Ein Mann, der den Unfall beobachtet hatte, lief zu ihm. Das Mädchen war wie angewurzelt stehen geblieben und hielt sich weiterhin die Hand schützend vor das Auge. Elisabeth sah, dass zwei Leute zu ihr eilten, um ihr zu helfen. Das Mädchen setzte sich ganz langsam in Bewegung, die Hand auf das Auge gepresst, den Kopf leicht nach hinten gelegt, die Lippen halb geöffnet. Elisabeth ging weiter, an den herumstehenden Schaulustigen vorbei.

»Die hat ganz schön was abgekriegt«, sagte ein Mann zu seiner Frau. »Hat sie den Lenker ins Auge bekommen?«

»Ich hab's nicht gesehen«, sagte die Frau.

Die beiden Radfahrer waren langsam und völlig lautlos zur Seite gekippt. Der junge Mann war sofort wieder aufgestanden, mit der Hand sein Knie haltend, das Mädchen nur eine Sekunde später. Sie war hochgeschnellt, die Hand vor dem Gesicht. Elisabeth drehte sich um und sah, dass ihr Blut die Wange herunterlief. Schnell wandte sie sich ab. Das Mädchen war höchstens zwanzig Jahre alt. Ihr leichtes Sommerkleid war durch den Sturz aufs nasse Pflaster in Mitleidenschaft gezogen worden. ›Sie hat dunkelblondes, dichtes Haar wie Claire‹, dachte Elisabeth. Sie riskierte einen weiteren Blick. Blut strömte nun in mehreren Rinnsalen über die Wange und zwischen den Fingern hindurch bis zum Hals. Das Mädchen ging langsam und unsicher, von ihren beiden Helfern gestützt. Elisabeth drehte sich um und lief weiter.

»Die hat sich ganz schön verletzt«, hörte sie die Frau hinter sich sagen.

»Komm, wir sind in Eile. Da sind genug Leute, die sich um sie kümmern«, sagte ihr Mann. »Wenn wir hier rumstehen, nützt das sowieso niemandem«, fügte er hinzu.

»Die Arme«, sagte die Frau.

Die beiden beschleunigten ihre Schritte und überholten Elisabeth. Wieder hatte sie den Ablauf des Unfalls vor Augen: Sie hatte hingesehen, bevor die Fahrräder zu Boden gingen, der Sturz war absolut geräuschlos verlaufen, der junge Mann hatte sich sein Knie halten müssen, das Mädchen war nur unwesentlich später aufgestanden. Elisabeth drehte sich noch einmal um. Nun schon in einiger Entfernung, sah sie das helle Kleid und den waagerecht auf Kopfhöhe gehaltenen Arm, konnte aber nicht erkennen, ob die Gruppe um das Mädchen stand oder ob sie sich bewegte.

Der Mann sah sich auch noch einmal um und kniff dabei die Augen zusammen.

»Die hat ganz sicher den Lenker ins Auge bekommen.«

Ihm stand die Neugierde ins schmale Gesicht geschrieben. Elisabeth sah selbst noch einmal zurück, aber das Mädchen war nicht mehr zu sehen. Der Betrieb auf dem Boulevard war einfach zu groß, als dass sie aus dieser Entfernung noch etwas hätte erkennen können.

Im Strumpfgeschäft warteten bereits einige Kunden, und alle Verkäuferinnen waren beschäftigt. Elisabeth sah durch das Fenster der Eingangstür das Pärchen davoneilen, das den Unfall kommentiert hatte. Der Mann war kleiner als seine Frau. Sie trug einen braunen Filzhut mit weiter Krempe, ein gemustertes Kleid und überm Arm ihren Sommermantel. Elisabeth sah die beiden Silhouetten hinter dem Holz des Türrahmens verschwinden und trat aus dem Eingangsbereich. Eine junge Frau, die wie sie darauf wartete, bedient zu werden, sah kurz zu Elisabeth, senkte dann aber den Blick. Im Laden war es unglaublich heiß, wesentlich heißer als auf der Straße. Eine der Verkäuferinnen bückte sich, um neben ihr aus einem tiefer gelegenen Regalbrett eine Schachtel zu ziehen. Elisabeth machte einen Schritt zur Seite. Sie drückte ihre Fingernägel in den Handballen, bis es schmerzte, und atmete tief ein. Sie nahm wahr, dass eine Kundin sie beobachtete. Elisabeth trat zur Wand und betrachtete sich im Spiegel, der zwischen zwei Regalen angebracht war. Sie war sehr bleich … Sie taumelte aus dem Geschäft und stieß an der Tür gegen eine Frau, die hineinwollte. Elisabeth vergaß, die Tür zu schließen.

Draußen war die Luft kaum weniger stickig als im Geschäft. Auf dem Bürgersteig stand eine Bank. Sie ließ sich mit dem Rücken zur Straße auf die Sitzfläche fallen. Der Mann, der neben ihr saß, blickte kurz auf, vertiefte sich aber gleich wieder in seine Zeitung. Direkt neben dem Strumpfladen befand sich eine Apotheke. Elisabeth stand auf und trat ein. Sie war die einzige Kundin.

»Mir ist nicht gut«, sagte sie. »Haben Sie vielleicht ein Mittel für den Kreislauf?«

Der junge Apotheker hob den Kopf.

»Setzen Sie sich doch erst mal.«

Dann rief er nach hinten: »Georges, komm mal bitte!«

Er beobachtete sie mit großen Augen.

Elisabeth setzte sich.

»Ist Ihnen schwindelig?«, fragte der junge Mann.

»Ja. Geben Sie mir bitte irgendwas, ein Kreislaufmittel.«

Vor einer Vitrine stand eine schmale, braune Lederbank. Elisabeth erhob sich und streckte sich darauf aus.

»Was haben Sie denn?«

Der Apotheker eilte zu ihr.

»Georges! Georges!«

»Ich komme ja schon«, rief der Gehilfe.

»Beeil dich. – Ist so gut wie vorbei, Madame. Alles in Ordnung. – Gib …«

Er hielt ihr ein Glas Wasser hin.

»Trinken Sie das«, forderte er sie auf.

Sie trank einen Schluck. »Es geht mir schon besser«, sagte sie. Sie versuchte, ohne Hilfe aufzustehen. Georges bot ihr einen Stuhl an.

»Danke«, sagte sie. »Aber es ist trotzdem besser, wenn ich jetzt gehe.«

Zwei neue Kunden betraten die Apotheke und sahen sie neugierig an.

Erst an der Tür holte der Gehilfe sie wieder ein. »Sie müssen trinken, sonst wird Ihnen gleich wieder schwindelig«, sagte er. Elisabeth führte das Glas an die Lippen und verzog das Gesicht.

»Noch einen Schluck.«

»Aber das bringt doch jetzt nichts mehr.«

»Glauben Sie mir. Sie müssen trinken«, sagte er.

Sie trank einen Schluck.

»Zum Glück ist es ja vorbei.«

»Trinken Sie das Glas aus.«

»Danke. Es geht mir schon wieder besser.«

Sie hielt dem jungen Mann, der sie besorgt ansah, das halb volle Glas hin. Sie ging in die Apotheke zurück.

»Ist Ihnen schlecht geworden?«, fragte der Apotheker. Er war noch recht jung und wirkte wie ein Medizinstudent im Praktikum.

»Nein. Ich war auf einmal nur so erschöpft«, sagte Elisabeth.

»Ein Glück, dass Sie den Schwächeanfall haben kommen sehen. Eine Sekunde später, und Sie wären einfach umgekippt.«

»Ja, ich hatte noch Zeit, mich hinzulegen«, sagte sie. »Ich kenne das schon. Das merkt man zum Glück recht früh.«

»Na ja, knapp war das schon«, sagte er. »Wenn wir Sie nicht gehalten hätten, wären Sie von der Bank gefallen.«

Elisabeth drehte den Kopf, um ihren Rücken im Spiegel zu betrachten. »Ich habe mir nicht einmal die Jacke verknittert. Was für ein Glück, dass hier drinnen eine Bank war«, sagte sie und versuchte zu lächeln. Dann öffnete sie ihre Handtasche.

»Was schulde ich Ihnen?«

»Nichts! Das ist doch ganz selbstverständlich …«

Sie hielt einen Zehn-Franc-Schein hoch. »Doch, nehmen Sie.«

»Ich bitte Sie! Das ist für uns Ehrensache.« Der Apotheker hob abwehrend die Hände.

Draußen schien die Sonne. Die frisch geduschten bunten Karosserien der Taxis blinkten unter dem Grün der Blätter. Erst jetzt bemerkte Elisabeth, dass ihr Schweißperlen auf der Stirn standen. Sie wischte sich das Gesicht mit einem Taschentuch ab und betrachtete ihr Spiegelbild in einem Schaufenster. Sie war immer noch ganz bleich. Sie ging den Boulevard langsam weiter bis zur Gare de l'Est, dann bog sie in den Boulevard Magenta. Ein paar Häuser weiter trat sie durch ein Tor, durchquerte den Innenhof und stieg die Treppe zur ersten Etage hoch. Vor einem gravierten Messingschild blieb sie stehen:

»Marguerite Neveux – Modeatelier«

Sie klingelte.

Viertes Kapitel

Begegnungen

1 »Ich sag dir, der Bus ist weg«, sagte Jacqueline. »Der hat nie so viel Verspätung. Außerdem steht hier keiner an der Haltestelle.«

»Lass uns reingehen«, sagte Françoise. »Pardon. Darf ich bitte? …« Sie stieg über den Besen einer Putzfrau mit weißer Schürze, die Schmutzwasser auf den Bürgersteig fegte. Jacqueline sprang über die trübgraue Lache und folgte Françoise in die Bar.

»Der Bus ist vor zehn Minuten gefahren«, sagte der Wirt zu Françoise. »Pünktlich um Viertel nach fünf.«

»Und wann fährt der nächste?«

»Oh, bestimmt nicht vor halb sieben«, sagte Jacqueline.

»Richtig«, sagte der Wirt. »Um halb sieben.«

»Siehst du! Hättest du doch dein Rad mitgenommen«, sagte Françoise.

»Wie denn? Ich bin mit meiner Mutter in die Stadt gefahren. Ich kann doch von da nicht mit dem Bus nach

Hause fahren, bloß um mein Rad zu holen. Da wäre ich Stunden unterwegs gewesen. Außerdem konnte keiner wissen, dass es regnet …«

»Haben Sie das mitbekommen?«, fragte die Putzfrau den Wirt. »Die Geschäfte gegenüber sind alle überschwemmt.«

Der Wirt ging durch den Saal und stellte sich vor die Tür, einen Ellbogen auf den breiten Türgriff gestemmt.

»Land unter bei dir?«, rief er über die Straße. Er lachte laut über seine eigene Bemerkung. Die Antwort war nicht zu verstehen.

»Aha! … Das ist egal. Wasser macht keine Rotweinflecken.«

Er lachte wieder.

»Was? … Da sagst du was …«

»Entschuldigung, Monsieur.«

»Bitte sehr.«

Er zog seinen Arm zurück, um den jungen Mann im hellen Jackett mit Hahnentrittmuster hereinzulassen, der gerade sein Auto vor dem Lokal abgestellt hatte. Durch die Tür sah man den schlammbespritzten linken Kotflügel. Der junge Mann ging zur Theke, legte seine Hand auf den Tresen und betrachtete die Tafel mit den Getränkepreisen. Der Wirt kam auf ihn zu.

»Was darf's sein?«

»Ich hätte gern ein Bier.«

Er sah sich um und bemerkte die beiden Mädchen.

»Also was ist jetzt?«, wollte Jacqueline wissen.

»Wir können auch zu Fuß gehen«, sagte Françoise. »Das schaffen wir leicht. Es ist erst zwanzig nach fünf.«

»Mit den Schuhen?« Jacqueline zeigte auf ihre Sandalen. »Damit schaff ich das nie im Leben.«

»Entschuldigen Sie«, sprach Françoise den Wirt an. »Wissen Sie zufällig, wie weit es bis Lizy ist?«

»Bis kurz vor Lizy«, korrigierte Jacqueline.

Sie kamen zum Tresen.

Der Wirt überlegte. »Lizy? Fünf oder sechs Kilometer.«

Jacqueline spürte den Blick des jungen Mannes auf sich ruhen. Als sie ihn ansah, schlug er sofort die Augen nieder. Er war vielleicht zwanzig, braun gebrannt und mager und trug ein graues Jackett aus englischem Stoff mit offenem Kragen.

»Wir müssen nach Mary«, sprach sie ihn an. »Das ist doch näher, oder?«

»Bis Mary sind es mehr als fünf Kilometer«, sagte der junge Mann.

»Ein kleiner Spaziergang in der frischen Luft«, meinte der Wirt.

»Dafür muss man nur die richtigen Schuhe haben«, erwiderte Jacqueline.

»Also, was ist jetzt?«, fragte Françoise.

»Ich weiß nicht …«

»Och, komm schon.« Sie zog Jacqueline am Arm. »Wiedersehen!«

Jacqueline folgte ihr widerstrebend zur Tür.

»Die wollen nach Mary laufen?«, fragte der junge Mann den Wirt.

Jacqueline drehte sich um. »Fahren Sie etwa zufällig nach Mary?«

»Nein, das nicht«, sagte er. »Ich fahre nach …«

Er machte eine unbestimmte Geste und wandte sich an den Wirt.

»Man muss erst auf die Straße von Meaux nach Lizy kommen, nicht wahr?«

»Genau, und dann ist es nicht mehr weit.«

»Ich kann Sie hinfahren.«

Der junge Mann sah Jacqueline gerade an.

»Nicht doch«, sagte sie. »Ich wollte Sie nicht …«

»Ich hab's nicht eilig. Ist auch kein großer Umweg.«

»Soll ich das annehmen?«, fragte sie Françoise.

»Aber klar. Das ist doch prima!«, rief Françoise.

Jacqueline lächelte: »Ich versichere Ihnen …«

»Ist kein großer Umweg«, wiederholte er.

Er zahlte, und sie gingen zusammen hinaus. Er öffnete die hintere Tür seines Renaults.

»Bitte sehr. Steigen Sie ein.«

»Ich nehme mein Fahrrad«, sagte Françoise. »Wir treffen uns in Lizy.«

»Kann ich mich vorne hinsetzen?«, fragte Jacqueline.

»Aber sicher«, sagte der junge Mann.

Im Profil wirkte er sehr jugendlich. Er sah aus wie zwanzig, aber das konnte täuschen. Seine Nase war gerade und schmal, die Nasenlöcher waren fast ein wenig zusammengedrückt, ›sehr amerikanisch‹, dachte sie. Die Sonne schien inzwischen wieder und ließ die Pfützen auf der schwarzen, glatten Straße glänzen. Sie drehte sich um. Im Rückfenster war Françoise seit einer Weile nicht mehr zu sehen.

»Ich fahre zu schnell«, sagte er. »Sie wollen Ihre Freundin vermutlich nicht abhängen.«

»Das macht nichts«, sagte sie. »Ich warte dann auf sie. Wir treffen uns mit Freunden.«

»Aha!«, sagte er. »Ich kann trotzdem langsamer fahren, wenn Sie wollen.«

»Nein, nein«, sagte Jacqueline.

Sie fuhren durch abgeerntete, graugelbe Stoppelfelder, die nur hin und wieder von Rübenäckern oder Rechtecken schwarzer Erde unterbrochen wurden. Es gab keine Bäume entlang der Straße, und die Sonne, die bereits recht tief stand, verbreitete ein klares und doch fahles Licht, wie im Winter. ›Halb sieben‹, las sie auf dem Armaturenbrett. Sie verglich das mit ihrer Armbanduhr und gähnte.

»Ich hoffe, es ist nicht zu kalt, um ins Wasser zu springen.«

»Der Regen hat ja nicht lange gedauert«, sagte er. »Kann man in Mary gut schwimmen?«

»Es gibt da einen kleinen Strand. Kennen Sie den?«

»Ist schon eine Weile her, dass ich da war. Ich wohne etwas weiter weg, in Percy.«

»Ich bin erst das dritte Mal hier. Ich finde es besser, immer wieder woanders hinzugehen.«

»Ich bin am liebsten oberhalb von Percy«, sagte er. »Es ist sehr schön da.«

»Kann sein, aber mit den Fahrrädern ist das zu weit.«

»Das stimmt natürlich …«, sagte er. »Ist das hier die kleine Straße?«

»Ja«, sagte Jacqueline. »Aber halten Sie nur! Den Rest kann ich zu Fuß gehen.«

Er hatte den Wagen bereits in die Einmündung gelenkt und bremste. Für einen Moment versperrte er die ganze Fahrbahn.

»Das ist garantiert noch ein halber Kilometer bis zum Wasser«, sagte er. »Aber wie Sie wollen.«

Er legte den Rückwärtsgang ein und setzte zurück, bis er wieder richtig auf der Straße stand.

»Das macht Ihnen wirklich nichts aus?«, fragte sie. »Unter den Umständen sage ich nicht Nein …« Diesmal holte er weit aus, um in die schmale Wegeinfahrt zu biegen.

»Da vorne sind sie«, sagte sie. »Die sind auch gerade erst gekommen.«

Sie lehnte sich aus dem Fenster. »Hallo, Georges!«

Der Wagen hielt.

»Sieh mal an. Mit Chauffeur …«

Georges sah durch das Fenster der Beifahrertür.

»Wo hast du Françoise gelassen?«

»Sie kommt gleich mit dem Fahrrad nach. Georges Perret«, stellte sie vor.

Die beiden jungen Männer gaben sich über Jacquelines Kopf hinweg die Hand.

»Ich weiß gar nicht, wie Sie heißen«, sagte Jacqueline und wandte sich dann an Georges. »Ich hatte wirklich Glück. Ich hab's nicht mehr nach Hause geschafft. Aber dann traf ich diesen netten jungen Mann …«

»Keine Ursache …«, sagte der junge Mann lachend.

»Sie werden sehen«, sagte Georges. »Das ist ein schönes Plätzchen hier.«

»Ich wollte eigentlich nicht …«

»Sie fahren direkt wieder?«

»Sie können aber gerne mit uns kommen«, sagte Jacqueline.

Er machte eine unbestimmte Geste.

»Bleiben Sie doch.«

Er musste lachen.

»Das würde mich freuen. Und Sie haben gesagt, Sie sind nicht in Eile«, setzte Jacqueline nach.

»Gut. Ich gebe mich geschlagen«, sagte er und stieg aus dem Auto.

»Stell dir vor«, sagte sie zu Georges. »Er hat von sich aus angeboten, mich zu fahren, obwohl wir uns noch gar nicht kannten.«

»Es gibt noch gute Menschen auf dieser Erde«, sagte Georges und sah ihn dabei aufmerksam an. »An Ihrer Stelle hätte ich das ganz sicher nicht getan.«

»Weil du ein ungehobelter Klotz bist«, sagte sie.

»Wie hast du mich genannt?« Georges tat so, als würde er sie würgen.

»Aua. Sehen Sie, was das für ein Flegel ist. Hilfe!«

Er ließ sie los. »Also gut, genug gescherzt. Wo bleibt Françoise?«

»Sie kommt bestimmt gleich. Ist Paulette eigentlich da?«, fragte sie.

»Die andern sind schon im Wasser.«

»Jean!«, rief Jacqueline. »Huhu!«

Jean winkte aus dem Wasser. »Hallo, Jacqueline. Ihr habt's ja doch noch geschafft.«

»Mit Chauffeur sogar«, rief Georges.

Jean formte die Hände zu einem Trichter. »Wir dachten, ihr kommt mit dem Bus, und haben uns schon gewundert.«

»Der Typ da im Wasser«, sagte Georges. »Das ist unser Jean.«

»Genau«, sagte Jacqueline und lachte. »Das ist unser Jean. Den Witz können Sie nicht verstehen, ist eine lange Geschichte. Aber ich weiß immer noch nicht, wie Sie heißen.«

»Vorname reicht«, sagte Georges. »Nachnamen kann ich mir ohnehin nicht merken. Wir können uns doch duzen, oder? Ich bin Georges.«

»Ich heiße …«, er zögerte. »Bernard.«

»Gut, Bernard. Hast du vor, mit ins Wasser zu kommen?«

»Also, ich weiß nicht. Ich hatte das heute Nachmittag mal vor, hab's mir dann aber anders überlegt. Im Auto ist zwar noch meine Badehose …«

»Das ist doch wunderbar«, sagte Jacqueline. »Umso besser: Dann hast du keine Ausrede mehr.«

»So ein bisschen Wasser schadet nicht«, sagte Georges. »Außerdem wären wir dann zu sechst. Ich hasse ungerade Zahlen. Stimmt's, Jacqueline?«

Sie zuckte mit den Achseln. »Ich bin nicht abergläubisch. Aber ich finde, er verpasst was, wenn er nicht mitgeht«, fügte sie hinzu.

»Sieh mal, da kommt Françoise«, sagte Georges. »Mann, die ist ja richtig gerast!«

Françoise hielt neben ihnen an und gab Georges die Hand. »Ihr seid ja noch gar nicht umgezogen«, sagte sie und sah dabei zu Jacquelines Chauffeur. Er lächelte zurück.

»Wir haben Bernard überredet zu bleiben«, sagte Georges.

»Du bleibst doch? Oder?«, fragte Jacqueline.

»Gerne«, sagte der junge Mann lachend. »Ich habe nicht damit gerechnet, dass dieser Tag noch so angenehm ausklingt.«

»Eine gute Tat muss belohnt werden«, sagte Françoise.

»Hört! Hört!«, rief Georges. »Der Glückspilz.«

»Was ist jetzt?«, rief Jean. »Kommt ihr?«

»Wir tauschen noch ein paar Höflichkeiten aus«, rief Georges zurück.

»Was?«

»Höflichkeiten! Das ist übrigens Bernard.«

»Bernard?«

»Ja, ich stell ihn dir mal vor«, rief Georges.

»Freut mich«, rief Jean.

»Ganz meinerseits.« Jean und der junge Mann, der Jacqueline gefahren und sich Bernard genannt hatte, gingen aufeinander zu.

Das Wasser war trotz des Regens nicht wirklich erfrischend, außerdem war es trübe und brannte in den Augen. Jacqueline ließ sich auf dem Rücken treiben und machte nur hin und wieder eine Schwimmbewegung mit den Beinen, um nicht unterzugehen. Durch die Blätter der Uferbäume sah sie einen nahezu makellos blauen Himmel, bis plötzlich eine Ladung Wasser in ihrem Gesicht landete.

»Ihr Blödmänner!«, schrie sie. »Hört ihr wohl auf?«

Sie richtete sich auf und sah sich um.

»Georges! Ach, du bist das, Bernard. Georges, wo bist du?«

Sie drehte sich um und sah, wie Georges sich hinter Paulette versteckte.

»Und ich dachte schon, du wärst das gewesen«, sagte sie zu Bernard.

Georges schwamm zu ihnen. Er schnappte Jacquelines Arm und gab ihr einen Klaps auf die Schulter.

»So ist sie«, sagte er. »Letztes Mal hat Françoise versehentlich ihre Sandalen angezogen. Aber ich soll's dann wieder gewesen sein. Obwohl Françoise sie anhatte und nur einen Meter neben ihr stand.«

»Moment mal«, sagte Jacqueline. »Du hattest ein furchtbar schlechtes Gewissen und hast dich außerdem direkt vor Françoise gesetzt, damit ich ihre Füße nicht sehe.«

»Also, gut. Rühren wir nicht an diese unerfreulichen Erinnerungen … – zumindest unerfreulich für dich«, sagte er. »Bernard glaubt nachher noch, ich wäre immer bloß gemein zu dir.«

»Ach! Stimmt das etwa nicht? Bernard, was sagst du dazu?«

»Ich kann das kaum beurteilen …«

»Keine Ausflüchte«, unterbrach ihn Jacqueline.

»Bin ich grob zu ihr? Ja oder nein?«, fragte Georges.

»Wenn man dem äußeren Erscheinungsbild Glauben schenken will, dann ja.«

Georges machte einen Schritt auf Bernard zu und täuschte einen Boxhieb an. Bernard ging in Deckung. Georges wirbelte wild mit den Armen in der Luft, legte dann aber seine Hand vertraulich auf Bernards Schulter.

»Warte mal. Ich muss dir kurz was mitteilen. So unter Männern.« Georges flüsterte ihm etwas ins Ohr.

»Was flüstert er da?«, wollte Jacqueline wissen. »Bernard?«

»Äußerst ernste Dinge«, sagte er lächelnd.

»Über mich?«

»Na klar«, sagte Georges. »Aber das bleibt unser Geheimnis, nicht wahr? – Françoise! Gehst du schon raus? Warte doch!« Zu Bernard sagte er: »Du kannst mir jedes Wort glauben. Ich kenne sie wie niemand sonst.«

Dann schwamm er gemächlich zum Ufer.

»Er ist wirklich charmant«, sagte Jacqueline. »Ich meine das ernst. Er spielt zwar immer den Wüstling, aber in Wirklichkeit ist er der friedfertigste Mensch der Welt. Wir haben uns durch Zufall hier in den Ferien getroffen, kannten uns aber schon aus Paris. Wir sind in so einer Clique, gehen zusammen tanzen oder wie jetzt schwimmen. Kommst du hier aus der Gegend?«

»Ich wohne nur vorübergehend in Percy«, sagte er. »Für die Ferien.«

»Studierst du auch?«

»Ja«, sagte er. »Aber ich war nicht in Paris, sondern in Lyon.«

»Ich studiere Jura im vierten Semester.«

»Ich mache gerade ein Medizinpraktikum in Lyon.«

»Dann kennst du sicher Jacques Challier. Er war letztes Jahr auch in Lyon.«

»Der Name sagt mir nichts.«

»Er ist fast fertig. Aber du kannst ja nicht jeden kennen, der in Lyon Medizin studiert.«

»Nein, Challier … Sagt mir wirklich nichts.«

»Ich habe mich für Jura entschieden, aber eigentlich wäre Medizin auch eher mein Fach gewesen. Manchmal zweifle ich wirklich, ob das richtig war.«

Sie zuckte die Achseln. »Warum lachst du? Denkst du, ein so ernstes Gespräch passt jetzt nicht?«

»Aber nein.«

»Mir wird langsam kalt«, sagte sie. »Und es ist sicher schon spät. Ich glaube, ich tauche besser nicht noch mal unter.«

»Ich auch nicht«, sagte er. »Gehen wir raus?«

Sie wateten durch den Fluss. Das Wasser ging ihnen nur bis zur Hüfte. Alle anderen waren schon draußen. Man hörte sie hinter den Bäumen lachen.

»Wohnst du weit weg?«, fragte er.

»Ja. Aber Georges nimmt mich auf dem Fahrrad mit. Das haben wir schon öfter gemacht. Der Weg hat zum Glück keine großen Steigungen … Wo war ich stehen geblieben? Ach, ja: Die Leute aus unserer Clique wohnen alle hier in der Umgebung. Kennen gelernt haben wir uns aber in Paris. Wir sind ungefähr gleich viel Jungs und Mädchen. Paulette und Françoise gehören dazu und noch ein anderes Mädchen, das nicht hier ist, und noch ein Junge namens Michel.«

Sie hakte sich bei ihm ein.

»Diese Kiesel sind unangenehm … Na, endlich haben wir wieder Sand unter den Füßen«, sagte sie und setzte ihren Fuß aufs trockene Ufer. »Den Platz hier haben wir für uns entdeckt und gleich annektiert.«

»Also ist es ein Frevel, dass du einen Fremden hierher geführt hast.«

Sie musste lachen. »Was für ein schweres Vergehen!«

»Na ja. Immerhin …«

»Was denn?«, fragte sie.

»Ach nichts, ich dachte nur … Nein. Das ist nicht sehr geistreich.«

»Sag schon«, forderte sie ihn auf.

»Nein. Schon gut.«

»Du weißt aber auch nicht, was du willst. Hm?« Sie sah ihn an. »Langweilen wir dich? Wir haben in unserer Clique einen ziemlich … eigenen Humor. Aber der scheint dir gar nicht so fremd zu sein.«

»Ihr seid doch alle sehr nett zu mir«, sagte er.

Sie lachte. »Ich wette, dass du nicht erraten kannst, woran ich gerade denke.«

»Das ist ja auch schwierig.«

»Tanzt du?«, fragte sie.

»Ja, klar. Aber nicht besonders gut.«

»Das macht nichts. Entschuldige die Frage, aber wenn

ich eine Idee habe, rede ich nie lange drum herum. Meine Mutter regt sich darüber immer furchtbar auf. Sie findet mich … Ach, egal.« Sie winkte ab. »Also, hast du immer noch keine Ahnung, was mir vorhin in den Sinn gekommen ist, als Georges dir was ins Ohr geflüstert hat …? Ich weiß, ich spanne dich auf die Folter, aber wir sind halt eine Clique – das habe ich dir ja schon gesagt –, und wir treffen uns immer bei Paulette zum Tanzen. Ihre Eltern sind in Ordnung. Zu Hause darf ich noch nicht mal Swingmusik hören. Meine Mutter würde verrückt werden. Bist du bei deinen Eltern?«

»Nein, bei Freunden.«

»Wir gehen morgen jedenfalls bei Paulette tanzen. Nur sind wir dummerweise mehr Mädchen als Jungs … – Wenn du nichts dagegen hast, würde ich mich lieber da vorne hinsetzen. Hier ist es mir zu kalt. – Also wir sind zwei Mädchen mehr«, nahm sie den Faden wieder auf, nachdem sie sich hingesetzt hatte. »Ich kenne dich zwar nicht, aber ich wollte dich einladen.«

»Das ist sehr nett«, sagte er, »aber leider bin ich morgen schon weg.«

»Schade«, sagte Jacqueline und stand auf. »Macht nichts. Entschuldige, aber ich friere hier fest. Ich hol mir mal den Sonnenersatz aus Wolle, den ich in meiner Tasche habe.«

»Verfluchte Sch…ande!«, rief Georges. »Ich werde sie zum Schweigen bringen, dieses freche Gör. Tststs! Jacqueline, Jacqueline! Ich werde dich zwischen meinen Fingern zerquetschen. Sieh dir das an, Françoise!«

Er saß rittlings auf Jacquelines Schenkeln und drückte ihre Handgelenke auf den Boden.

»Hilfe«, schrie sie. »Jean, Bernard!« Sie hob ein Bein und versuchte, Georges damit zu treten.

»Und mordsgefährlich ist sie auch noch«, sagte er. »Wer hätte das von diesem Kind gedacht?«

»Jean, so hilf mir doch!«, rief sie.

»Ich bin ganz seiner Meinung«, sagte Jean träge.

Er lag bäuchlings im Gras und hatte das Kinn in die Hände gestützt.

Georges ließ sie los.

»Dieses letzte Mal, Bernard, lasse ich sie laufen. Ich kenne sie und ihre Tücken.«

Jacqueline stand auf. »Schau dir das mal an. Ein blauer Fleck! Du bist wirklich furchtbar. Und wegen dir komme ich noch zu spät.«

»Es ist erst sieben«, sagte Jean. »Du hast noch eine ganze Stunde Zeit.«

»Wenn ich nicht um Punkt acht zu Hause bin, gibt es ein Drama.«

»Das brave kleine Mädchen will nach Hause«, sagte Georges.

»Brav?« Jean tat verwundert. »Und was war das neulich mit Jean Trockenschwimmer, hm? … Das hättest du sehen müssen, Bernard. Aber er kennt ja Jean Trockenschwimmer nicht …«

»Er kennt Jean Trockenschwimmer nicht«, sagte Georges.

»Er kennt Jean Trockenschwimmer nicht«, sagte Jacqueline.

»Natürlich kennt er ihn nicht«, sagte Françoise.

»Tja«, sagte Georges. »Dann will ich das mal erklären: Es gibt Jean Trockenschwimmer und unseren Jean. Unser Jean ist jenes Individuum, das sich im Augenblick in gleichermaßen indezenter wie unappetitlicher Weise an Paulettes Beine fläzt. Aber breiten wir den Mantel der Nächstenliebe über dieses scheußliche Bild. Jean Trockenschwimmer dagegen ist Jean Trockenschwimmer, aber weil du ihn nicht kennst, brauchen wir kein Wort über ihn zu verlieren, oder?«

»Du bist wirklich blöd«, sagte Paulette. »Das ist nämlich so«, wandte sie sich an Bernard. »Bislang war unser Jean hier Jean Thillet, und Jean Trockenschwimmer war Jean. Aber jetzt ist Jean Thillet ganz einfach nur Jean.«

»Wer das verstanden hat, möge sich erheben oder für immer schweigen«, sagte Georges. »Ich jedenfalls erhebe mich, allerdings nur, um mich anzuziehen.«

Er ging zu seinem Fahrrad. Die anderen standen ebenfalls auf.

»Er geht mir auf die Nerven«, sagte Jacqueline. »Er braucht sicher wieder eine halbe Stunde, bis er fertig ist. Er weiß genau, dass ich um acht zurück sein muss. Hast du eine Uhr, Bernard?«

»Vor drei Minuten hieß es, wir haben sieben Uhr. Aber ich sehe mal im Auto nach … Ja, sieben Uhr, auf die Minute. Wohnst du weit von hier?«

»Etwa fünf Kilometer in diese Richtung. Aber das geht schon.«

»Mal im Ernst: Soll ich dich nicht einfach nach Hause bringen? Das ist ungefähr meine Strecke.«

»Ungefähr! … Aber gut, wenn du mich fahren willst. Da sag ich nicht Nein.«

Den andern rief sie zu: »Bernard bringt mich nach Hause.«

»Wenn du fertig bist, können wir von mir aus jetzt schon fahren«, sagte er. »Wenn wir auf die andern warten, wird es knapp.«

»Verschwinde nur! Geh mir aus den Augen«, rief Georges Jacqueline zu. »Du störst sowieso meine freie Aussicht auf die wunderschöne Landschaft. Entschuldige, Bernard. Ich meine das nicht so, wie ich's sage.«

Jacqueline verschwand hinter einer Hecke und kam wenig später angekleidet zurück, die Tasche in der Hand. Er saß schon im Auto. Sie stieg ein.

»Wiedersehen, Jean, Wiedersehen, Paulette«, rief sie.

»Und was ist mit mir? Hast du mich schon vergessen?«, sagte Georges, der sich auf den Gepäckträger seines Fahrrads lehnte. Sie rief etwas, aber der Lärm des anfahrenden Autos verschluckte ihre Antwort.

Er streichelte ihre Stirn und das blonde, volle Haar, das oberhalb der Schläfen toupiert war. Er hob den Arm, und seine Hand folgte den Konturen ihres Halses, den sie angespannt gegen den Beifahrersitz drückte. Die Hand strich die Rundung ihres vollen Kinns entlang, bis die Fingerspitzen ihre Lippen berührten. Die Finger wanderten zu der feinen und langen Nase weiter, die, aus der Entfernung betrachtet, spitz aussah, dem Gesicht aber aus der Nähe seinen erstaunten und agilen Ausdruck verlieh.

Die Finger strichen über die Augen, tauchten dann zu den festen Brüsten hinab, in den Ausschnitt ihres weißen Kleides hinein, unter den wollenen Büstenhalter. Von dort strich die Hand flach und ohne jeden Druck über den Bauch, über ihre Schenkel, gab sich vorerst damit zufrieden, die Falten ihres Kleides herunterzugleiten, und legte sich schließlich auf ihre Knie, die sie fest zusammengepresst hielt und deren Wärme er an seinen Beinen spürte.

»So!«, sagte sie und richtete ihre großen, blauen Augen mit den schmalen und markant geschwungenen Lidern auf ihn. Aber er betrachtete nur ihre Hand, die angestrengt den Rocksaum festhielt.

»Ich bin schon spät dran«, sagte sie. »Ich geh jetzt.«

»Du hast noch Zeit.«

Er drückte sich an sie und schob seine Hand weiter das Kleid hoch, bis sie den Stoff ihrer Unterwäsche berührte. Sie packte seinen Arm.

»Bitte hör auf«, sagte sie.

Aber die Hand hatte sich schon auf ihren Bauch gelegt und hielt sich am Gürtel ihres Kleides fest. Sie rangen miteinander.

»Lass meinen Arm los«, sagte er.

»Du lässt mich gefälligst los«, sagte sie. »Mach dich nicht lächerlich.«

»Ich kann das erklären. Ich will nicht … Also, ich lass dich gleich los, sagen wir in drei Minuten. Wenn du mich für verrückt hältst, ist das jetzt auch egal. Aber lass mich bitte los«, wiederholte er.

»Nein«, sagte sie. »Bernard!«

»Wenn du mich nicht loslässt: Ich habe Zeit«, sagte er. »Es sei denn …«

»Es sei denn was?«

»Kann ich nicht wenigstens meine Hand auf deinen Bauch legen? Bitte!«

»Du bist ja völlig verrückt!«, sagte sie verärgert und ließ seinen Arm los.

»Das ist doch ganz harmlos«, sagte er.

»Ach, findest du? Glaub ja nicht, du kannst mich mit der Masche rumkriegen. Total verrückt … Lass mich endlich los!«

»Warte noch …«

»Also mir reicht's jetzt. Ich gehe.«

Sie versuchte sich aufzurichten, aber er machte keine Anstalten, seine Hand unter dem Kleid zurückzuziehen. Sie streckte sich über den Beifahrersitz, und es gelang ihr schließlich, den Türgriff zu greifen. Er versuchte, sie daran zu hindern, aber seine linke Hand rutschte von ihrer Schulter ab und fand erst an ihrem Gürtel wieder Halt. Seine rechte, die zwischen den Schenkeln eingeklemmt war, drückte das Fleisch so fest, dass es wehtat.

»Lass mich los!«, schrie sie. »Bernard!«

Seine rechte Hand ließ los und packte ihre Schulter. Er riss sie brutal zu sich herum.

»Bernard. Bist du wahnsinnig geworden? Ich muss nach Hause, und du hast mir was versprochen.«

Sie wollte ihr Kleid über die Knie ziehen, aber er packte ihr Handgelenk.

»Bernard! Lass mich endlich los«, zischte sie und versuchte, seinen rechten Arm abzuschütteln.

Er lachte höhnisch.

»Bernard!«

»Ich lasse dich ja gleich los. Was glaubst du denn?«

»Ich glaube gar nichts. Loslassen!«, brüllte sie.

Er löste kurz die Umklammerung, aber nur, um sie am Oberarm zu packen. Sie wand sich unter seinem Griff.

»Bernard. Ich fange gleich an zu schreien. Bernard!«

»Bernard! Bernard! Du immer mit diesem Bernard!«

Er ließ sie plötzlich los und schubste sie gegen die Beifahrertür.

»Ich heiße gar nicht Bernard. Willst du wissen, wer dein Bernard wirklich ist?«

»Du bist ja total bescheuert«, sagte sie und öffnete die Tür einen Spalt. »Ist mir doch egal, wie du heißt. Meinetwegen Hinz oder Kunz. Na und? Dann heißt du eben so.«

»Bernard …«, sagte er und zog die Augenbrauen hoch. »Tja, so ist das. Ich heiße gar nicht Bernard. Aber bitte …«

»Du bist schon komisch. Was soll ich dazu sagen? Wenn du dich Bernard genannt hast, gibt es vermutlich einen Grund.«

Sie drückte die Tür auf. »Völlig bekloppt!«

Er hatte sich auf das Lenkrad gelehnt und beobachtete sie. Ihre Blicke trafen sich. Er sah ihr gerade in die Augen. Sie fixierte ihn einen Augenblick lang und musste lachen. Er grinste.

»Nicht schlecht!«, sagte er. »Ich habe in der Tat einen Grund. Wenn dir das komisch vorkommt …«

Sein Gesicht hatte sich schlagartig aufgehellt und seinen normalen Ausdruck angenommen. Er lächelte.

Sie zuckte die Achseln und zog einen Kamm aus ihrer Tasche.

»Allerdings«, sagte sie.

»Ist auch nicht so wichtig. Tun wir einfach so, als hätte ich nichts gesagt und hieße immer noch Bernard. Tut mir Leid, wenn ich dir Angst gemacht habe.«

Sie lachte kurz auf: »Angst? Du? Überhaupt nicht. Wie kommst du darauf?«

Sie kämmte sich eine Haarsträhne aus dem Gesicht.

»Na ja. Ich hätte wer weiß was mit dir machen können.«

Sie sah ihn an. »Oh nein. Du bist weder verrückt noch sonst was. Allerdings ...«

»Allerdings was?«

»Nichts. Du wirkst einfach nicht so. Du hast nicht diese Ausstrahlung ...«

»Was für eine Ausstrahlung habe ich dann?«, wollte er wissen.

Sie lachte. »Gerade eben warst du einfach nur behämmert.«

Sie drehte eine kleine Kugel aus den Haaren, die in ihrem Kamm hängen geblieben waren, und warf sie aus dem Fenster.

»Aber wenn du ganz normal bist, wirkst du wie der netteste Junge der Welt, der nur hin und wieder ...«

»... Vergnügung sucht?«, setzte er den Satz fort.

»Nicht mal das. Das ist ja das Komische. Du bist so ein

Typ, der Vertrauen einflößt. Ja. Jemand, mit dem man ohne Hintergedanken reden kann.« Sie lachte. »Am Strand warst du zumindest so …«

»Ja, ich weiß auch nicht …«, sagte er. »Du hast nichts weiter dabei gedacht, als du gefragt hast, nicht wahr?«

»Ich habe nicht gefragt, ich habe dein Angebot angenommen. Ich fand es normal, dass du mich fährst. Und du ganz sicher auch.«

»Ja«, sagte er. »Ich weiß auch nicht, wie das gekommen ist. Eigentlich wollte ich dir nur einen Gefallen tun.«

»Umso mehr frage ich mich, was dieser Überfall gerade sollte«, erwiderte sie. »Ich rede hier vielleicht! … Vor dir ist mir das nicht unangenehm. Selbst jetzt nicht. Aber lassen wir das. Wir passen offensichtlich nicht so richtig zu dir und …«

»Ach!«, unterbrach er sie. »Findest du? Wer passt dann zu mir, wenn nicht du?«

»Ich meine nicht uns beide, sondern die Clique. Georges zum Beispiel. Der ist dir doch ganz schön auf die Nerven gegangen, nicht wahr? Du erinnerst mich ein wenig an einen Bekannten. Er heißt Rieder, ein wirklich netter Junge. Aber du kennst ihn nicht, lohnt sich nicht, über ihn zu reden.«

Sie nahm ihre Tasche.

»Gut«, sagte er. »Aber wer passt dann zu mir?«

»Woher soll ich das wissen?«

»Du wolltest vorhin etwas sagen. Passt deiner Meinung nach eher ein ernsthafter Typ Frau zu mir?«

»Du bist wirklich lustig! Sind wir nicht ernsthaft?«,

fragte sie lachend. »Aber vielleicht hast du Recht: noch ernsthafter.«

»Traurig also?«

»Nein, nicht traurig. Eher etwas schweigsamer, so wie du selbst. Du lachst zwar auch schon mal, aber anders als wir. Ja«, sagte sie nach einer Pause. »Bei uns würdest du dich auf Dauer nicht wohl fühlen.«

»Ich habe Freunde, die sind Georges ziemlich ähnlich«, sagte er.

»Oh, es geht dabei nicht um Georges, sondern um uns Mädchen. Aber ich rede hier …«

»Doch, doch. Sprich ruhig weiter: Welche Mädchen passen denn zu mir? Blond, braun, jung, alt?«

Er lachte.

»Das sind doch nur Äußerlichkeiten, das weißt du genau. Da kann ich gleich sagen: schwarzhaarig wie du oder dunkelbraun, in deinem Alter. Zufrieden? Also …«

Sie öffnete die Tür.

Er sagte: »Ich habe eine Weile gedacht, ich könnte mich nur in blonde Frauen verlieben. Im Ernst: Wenn eine Frau blond ist, finde ich sie grundsätzlich attraktiv.«

»Na, dann hast du ja noch was vor dir«, sagte sie. »Auf Wiedersehen.«

»Warte. Wir sollten uns nicht so trennen.«

Er umarmte sie.

»Du bist wirklich anstrengend«, sagte sie.

»Wann antwortest du auf meine Frage? Muss sie älter sein?«

»Wie bitte?«

»Muss die richtige Frau für mich älter sein als ich?«

»Keine Ahnung.«

Sie machte sich los.

»In deinem Alter. Aber vielleicht auch älter. Doch, das passt gut. Auf Wiedersehen, Bernard. Ach, richtig. Du heißt ja gar nicht Bernard.«

»Nenn mich Bernard, wo du schon damit angefangen hast. Was soll's. Wir sehen uns ja doch nicht wieder.«

»Du bist gar nicht Student, nicht wahr?«

»Nein, ich bin Ingenieur.«

»Das ist dasselbe. Ich frage mich immer mehr, was das gerade sollte …«

Sie tippte sich mit dem Zeigefinger an die Stirn. »Wirklich, du beunruhigst mich. Auf Wiedersehen … Bist du etwa verheiratet?«

»Wie kommst du darauf?«, fragte er.

»Weiß nicht. Nur so eine Idee. Du stellst schon komische Fragen.«

»Wirke ich, als wäre ich verheiratet?«

»Du wirkst so, wie du wirkst. Und jetzt lass mich gehen. Auf Wiedersehen.«

Sie reichte ihm die Hand.

Er lachte. »Also, mach's gut.« Er nahm ihren Kopf und drehte ihn zu sich. »Darf ich dich küssen?«

»Wenn du unbedingt willst.«

»Ach, wir sehen uns sowieso nicht wieder …«

Er ließ sie los. Sie blieb einen Moment abwartend sitzen, als hätte sie nicht verstanden, was er sagen wollte, dann zuckte sie die Achseln, stieg aus und lief zur Straße.

Er legte den Rückwärtsgang ein und setzte von der Wiese auf die Straße zurück. Als er sie überholte, winkte er.

»Du hast noch alle Zeit der Welt!«, rief Michel lachend, dann bog er auf die Straße nach Paris ein.

2 Elisabeth klappte ihre Handtasche zu und stellte sie neben sich.

»Mir wäre in meiner Verfassung vor allem die Busfahrt nicht bekommen. Und in Percy hätte ich telefonieren müssen, damit Bernard mich abholt, und das hätte die Familie nur unnötig beunruhigt. Was für ein Glück also, dass ich Sie getroffen habe! Als ich Sie gesehen habe, kam mir das wie ein Wunder vor. Ich konnte es gar nicht fassen, dass Sie das wirklich sind. Aber dann habe ich das Nummernschild gelesen, 2534 RL 4. Wie Sie sehen, habe ich mir die Nummer wirklich gemerkt. Das konnten nur Sie sein.«

»Wirklich ein Zufall«, sagte Michel. »Ich wäre wahrscheinlich an Ihnen vorbeigefahren, wenn da nicht dieser Zebrastreifen gewesen wäre.«

»Ich dachte auch schon einen Moment, Sie fahren weiter, weil Sie mich nicht erkannt haben. Ich musste ja geradezu schreien.«

Sie lachte.

»Wir haben auf jeden Fall noch reichlich Zeit. Mit dem Zug wäre ich nicht vor halb zehn in Percy gewesen. Er fährt um Viertel vor los, und wir haben jetzt«, sie sah auf ihre Armbanduhr, »halb neun. Wenn wir jetzt zurückfahren, stören wir nur beim Abendessen.«

»Haben Sie Bescheid gesagt?«, fragte Michel.

»Bescheid? Weshalb?«

»Ich meine, dass Sie nicht vor neun zurückkommen.«

»Ach so, das, ja. Ich mache das immer so. Im Prinzip hätte ich schon den Zug kurz vor sieben nehmen können und von Meaux aus den Bus, aber ich hasse es, durch die Stadt zu hetzen. Ich nehme mir lieber die Zeit und esse wie jetzt gemütlich in einem Restaurant zu Abend. Aber wie dem auch sei: Mit mir rechnet derzeit keiner. Wie ist das bei Ihnen? Haben Sie Bescheid gesagt? … Ich meine, als sie gefahren sind: Haben Sie gesagt, Sie kommen später zurück? Oder haben Sie gar nichts gesagt?«

»Doch«, antwortete Michel. »Ich habe gesagt, dass ich … Sie haben vielleicht Recht. Ich sollte kurz mal anrufen.«

Er gab dem Kellner ein Zeichen.

»Haben Sie meinem Mann nicht Bescheid gesagt?«

»Doch, beziehungsweise nein. Ich habe einen Brief hinterlassen, weil niemand da war. Ich habe ihn, glaube ich, auf den Gartentisch gelegt.«

»Oje!«, sagte Elisabeth. »Tja, mein lieber Michel. Der Brief wird in einem Zustand sein …!«

»Ein paar hingekritzelte Zeilen, die niemand lesen kann … Das macht wirklich keinen guten Eindruck …«

»Oh, das ist doch kein Beinbruch. Die Absicht zählt.«

»Kann ich mal telefonieren?«, fragte Michel den Kellner.

»Ja, am Ende des Gangs die zweite Tür.«

Michel kam schnell wieder zurück: »Ich muss warten. Die Leitungen sind um diese Zeit alle belegt.«

»Als Sie gefahren sind, war wirklich niemand im Haus?«, wollte Elisabeth wissen.

»Nein. Ich glaube nicht. Ich habe nach Louise gerufen, aber sie war vielleicht draußen. Sonst schien keiner da zu sein.«

»War das so um vier Uhr?«

»Etwas früher«, sagte Michel.

»Aha. Claire war eingeladen, Bernard sicher schon weg, Marité mit ihrem Vater unterwegs. Louise muss eigentlich da gewesen sein, sie hat Sie einfach nicht gehört.«

»Ich musste sofort los«, sagte Michel. »Eine dringende Angelegenheit.«

»Doch hoffentlich nichts Unerfreuliches?«

»Nein. Unangenehm ist nur, dass ich vielleicht bleiben muss. Einer meiner Kollegen, der einen ziemlich wichtigen Posten in der Firma hat, ist plötzlich krank geworden, und ich soll ihn demnächst vertreten.«

»Dann bleiben Sie also jetzt in Paris?«

»Ich weiß es nicht«, sagte Michel. »Vielleicht erledigt sich auch alles von alleine, hoffe ich wenigstens.«

»Sie dürfen auf keinen Fall wegen mir nach Percy zurückfahren, wenn Sie eigentlich heute Abend in Paris bleiben müssten«, sagte Elisabeth.

»Oh nein. Ich hatte sowieso vor zurückzufahren, eigentlich schon vor ein paar Stunden. Wenn sie mich morgen brauchen, werden sie anrufen.«

»Ganz sicher?«

»Ganz sicher. Ich bin nicht …«

»Ihre Leitung nach Percy!«, rief der Kellner.

»Entschuldigen Sie mich.« Er stand auf und ging am Ende des Gangs zur Telefonkabine.

»Hallo? … Percy? Doktor Roby? Nummer 78, Percy Nummer 78? … Hallo? Ist da Doktor Roby? Claire, du bist dran … Hier ist Michel, Michel Landeau …, in Paris. Mein Chef hat mich angerufen. Ich musste sofort los. Zufällig habe ich jetzt Madame Roby getroffen. Ich nehme sie mit zurück ….

Ja, reiner Zufall. Wir sind gerade in einem Restaurant. Ich rufe eigentlich nur an, um Bescheid zu sagen und mich für mein plötzliches Verschwinden zu entschuldigen. Ich habe einen Zettel auf den Gartentisch …

In meinem Zimmer, auf dem Tisch? Dann meine ich den … Nein, nicht im Garten. Ich habe mich vertan … Was heißt gerade? … Wer? … Ach so, du hast ihn noch nicht zurückgelegt. Hast du den Brief in der Hand? … Ich habe gefragt, ob du den Brief jetzt gerade in der Hand hältst … Nein, das ist eben nicht mehr nötig. Er hat mir den Anruf ausrichten lassen. Alles angekommen … Ja, von mir aus kannst du den Brief zerreißen … Gut, dann ist ja alles geregelt … Ja, tut mir Leid, dass ich erst so spät anrufe. Ich dachte, früher erreiche ich niemanden … Nein. Das ist völlig bedeutungslos geworden … Ja, genau das.« Er lachte. »Also, bis später. Wiedersehen, Claire … Ja, bis später.«

»Das war Claire am Apparat, nicht wahr?«, sagte Elisabeth. »Das sehe ich daran, wie Sie schmunzeln. Sie lachen so in sich hinein, als hätten Sie gerade am Telefon gelacht, nicht wahr? Man lacht immer anders, je nachdem, mit wem man redet. Geht mir genauso, je nachdem, ob ich mit meinen Kindern rede oder mit meinem Mann … oder mit Ihnen. Für diese Dinge habe ich ein Auge. In Percy sind sie hoffentlich nicht zu nass geworden?«

»Ich bin manchmal so zerstreut«, sagte Michel. »Ich habe mein Fenster offen gelassen. Es hat im Zimmer eine kleine Überschwemmung gegeben.«

»Und das ist das Erste, was Claire Ihnen mitteilt? Also wirklich …«

»Ich bin derzeit so zerstreut.«

»Das ist im Gegensatz zu Claires Unhöflichkeit verzeihlich«, sagte sie. »Aber fangen Sie doch an! Sonst wird Ihr Essen noch ganz kalt. Mir fällt da übrigens gerade etwas auf. Nichts von Bedeutung – ich will Sie wirklich nicht vom Essen abhalten. Also«, fuhr sie lachend fort. »Mein Mann bestand heute früh darauf, dass Bernard mich fährt, und ich habe das abgelehnt. Warum, weiß ich selbst nicht genau. Wenig später habe ich meinen Entschluss bereut. Bernard hätte es nicht mal etwas ausgemacht, mich zu fahren. Und jetzt habe ich Sie getroffen … Das konnte sich doch gar nicht besser fügen, oder?«

Der Kellner brachte nun auch ihren Teller, und Elisabeth begann zu essen.

»War Bernard eigentlich schon zurück? Hat Claire irgendwas gesagt?«

»Bernard? Doch, ja. Sie hat ihn erwähnt. ›Der Doktor ist mit Bernard im Garten‹, hat sie gesagt.«

»Nicht gerade typisch für ihn. Dann muss der Regen einiges im Garten angerichtet haben. Es freut mich aber, zu erfahren, dass sie alle wohlbehalten zu Hause angekommen sind. Seit François nicht mehr bei uns wohnt, mache ich mir um ihn keine Gedanken. Ich meine, natürlich denke ich an ihn, aber nicht rund um die Uhr. Da würde man ja nur verrückt. Wenn Bernard uns verlässt, wird das genauso sein. Aber solange er noch bei uns wohnt, mache ich mir ständig Sorgen, obwohl wir uns kaum sehen. Ich weiß nicht, ob das mit der Hitze zusammenhängt, aber ich war noch nie so empfindlich. Ich habe ständig Angst. Aber wovor …? Jedenfalls ist es mir lieber, wenn ich weiß, dass er wieder zu Hause ist. Bei dem Regen war er vermutlich nicht einmal schwimmen.«

»Der Schauer hat nicht lang gedauert«, sagte Michel. »Die Sonne ist gleich wieder rausgekommen.«

»Wenn ich jung wäre, ich wäre dem Badevergnügen nicht abgeneigt«, sagte Elisabeth. »Sie waren dieses Jahr noch gar nicht schwimmen.«

Sie lächelte ihn an.

»Willkommen im Club der Erwachsenen.«

»Gestern wollten wir eigentlich schwimmen gehen. Aber dann …«

»Ich kann übrigens gut verstehen, dass Sie Bernards Einladung nicht angenommen haben«, sagte Elisabeth. »Bernard und Claire sind noch Kinder. Sie haben keinen Sinn für so was …«

»Ja«, sagte Michel. »Ich wollte deshalb vermeiden, dass wir schlechten Einfluss auf sie …«

»Das meine ich nicht. Sie haben wirklich Talent darin, andern Leuten die Worte im Mund zu verdrehen.«

Sie lachte.

»Ich kenne Sie, wissen Sie? Und ich kann Ihnen versichern, dass ich Ihre Haltung verstehen kann. Machen Sie, was Sie für richtig halten. Sie sind kein Jugendlicher mehr wie Bernard. Und was diesen gemeinsamen Ausflug anbelangt, war es absolut verständlich, dass Sie abgelehnt haben.«

»Ja. In gewisser Hinsicht wäre das nicht schicklich gewesen«, sagte Michel.

»Nicht schicklich? Sie kennen doch Bernard und Claire. Legen Sie mir nicht Dinge in den Mund, die ich so nicht gemeint habe. Was ich sagen wollte: Sie müssen sich weder vor den beiden genieren, noch müssen Sie irgendwas machen, was Sie nicht wollen. Wenn es Ihnen keinen Spaß macht, dann lehnen Sie eben ab. Ich hätte das nicht anders gemacht. Selbst jetzt, wo Ihre Situation sich … Aber das ist wahrscheinlich nicht ausschlaggebend – Ich hoffe, ich trete Ihnen nicht zu nahe mit dem, was ich sage?«

»Keineswegs.«

»Ich nehme mir das einfach so heraus, mich in Dinge einzumischen, die mich wohl in Ihren Augen nichts angehen.«

»Oh!«, sagte Michel.

»Aber lassen Sie mich den Gedanken zu Ende bringen. Wenn ich mir erlaube, das anzusprechen, dann vor allem wegen dieser alten Geschichte mit Bernard. Möglicherweise haben Sie noch nichts davon gehört, aber ich finde, Sie sollten Bescheid wissen. Ich bin sicher, die Stimmung zwischen Ihnen und Bernard ist nur deshalb so angespannt … Ist sie doch, oder?«

»Na, ja«, sagte Michel. »Vielleicht …«

»Doch. Ich spüre das, und das liegt an Bernard. Wenn Sie dafür verantwortlich wären, hätte ich längst mit Ihnen darüber gesprochen. Und alles geht, wie gesagt, auf diese unselige Geschichte zurück – das Wort Geschichte klingt eigentlich schon zu dramatisch – auf dieses Missgeschick mit Irene. Jedenfalls hat sich seitdem diese … Spannung eher noch erhöht. Worum es genau ging, habe ich allerdings aus Bernard nicht herausbekommen.«

»Wann war das denn?«, fragte Michel.

»Das war im Dezember, kurz nachdem Sie das letzte Mal hier waren. Erinnern Sie sich an diesen Koffertausch? Wir haben Ihnen einen Koffer geliehen, im Austausch gegen einen von … den Luzières. Stimmt's? Also: Irene kam eines Tages Ihren Koffer abholen. Außer Bernard war niemand zu Hause, und es gab offenbar irgendein Missverständnis – bei Bernard unschwer vorstellbar. Jedenfalls habe ich gespürt, dass bei dieser Gelegenheit irgendetwas vorgefallen sein muss.«

»Kann sein. Aber ich hatte nicht den Eindruck, dass Irene …«

»Sie hat gute Manieren und ist sehr großzügig«, sagte Elisabeth. »Ich rede von Bernard. Er ist manchmal wie eine Katze, deren Fell sich bei jeder Berührung sträubt. Er kann sehr impulsiv sein, auch wenn er es meistens nicht böse meint. Einfach so. Er ist zwar verschlossen, aber ich merke immer sofort, wenn er etwas zu verbergen hat. Er kann einfach nicht lügen. Leute wie Sie oder Irene, oder auch ich, wir sind in der Lage, uns zu … öffnen, wenn Sie so wollen. Aber wir können uns auch verstellen, wenn es mal nötig ist.«

»Wir sind in gewisser Hinsicht verlogener, meinen Sie?«, sagte Michel.

»Das wollte ich nun auch wieder nicht sagen: Wir tun das ohne Absicht, ganz natürlich. Mir fiel das auf, als Sie vom Telefon zurückgekommen sind. Sie haben eine Art zu lächeln, die durch ihre Offenheit entwaffnend ist. Wenn man Sie so sieht, glaubt man nicht, dass Sie etwas verbergen. Und doch behalten Sie immer für sich, was Sie gerade denken. Irene hat ein wunderbares Lachen. Jeder von uns hat solche Momente. Aber manche eben mehr, andere weniger. Bernard wirkt immer so, als fühle er sich gezwungen, unaufrichtig zu sein. Es gibt solche Leute. Vielleicht gerade, weil er von Natur aus nicht unaufrichtig sein kann und eigentlich sehr feinfühlig ist. Er gibt sich deshalb grob und abweisend. Aber das ist idiotisch, nicht wahr? Vielleicht ist das auch eine Frage des Alters. Trotzdem bin ich sicher, dass Sie schon als Junge eher ruhig und sanft waren und … immer genau wussten, was Sie wollen. Nicht wahr? Irene ist da ähnlich. Oh, ich werfe Ihnen das nicht vor. Ich muss zugeben, ich kann das wesentlich besser nachvollziehen, obwohl man sich vielleicht instinktiv mehr zu impulsiven Charakteren wie Bernard hingezogen fühlt. Mein Mann zum Beispiel hat eine ausgeprägte Vorliebe für Bernard und hat ihn immer schon François vorgezogen.«

»Aber so was kann man doch auch ändern, wenn man nur will«, wandte Michel ein.

»Nun ja. Ich bin mir da nicht sicher. Aber ich habe Ihnen von Bernard erzählt, weil ich im Grunde genommen hoffe, dass sich da etwas ändern lässt. Es wäre doch sehr betrüblich, wenn Bernard und Sie diese … Spannungen nicht ausräumen könnten. Ich habe die Gelegenheit genutzt, das Thema anzuschneiden, weil mir das schon länger auf dem Herzen liegt. Es gibt Tage, da ist ein solches Gespräch eher unangenehm, aber heute hat es sich ganz von allein ergeben. Ich habe mich hoffentlich nicht zu weit vorgewagt. Wie auch immer … Ich traue Bernard in dieser Hinsicht weniger zu als Ihnen. Das wollte ich nur gesagt haben.«

»Sicher«, sagte Michel. »Ich weiß genau, was Sie meinen.«

3 »Statt ständig schwimmen zu gehen, hättest du ruhig mitkommen können«, sagte Claire.

»Waren viele Leute da?«, fragte Bernard.

»Na ja. Alle, die wir zusammentrommeln konnten. Wir waren zu sechst. Henri, Jean, ein Junge, den du nicht kennst, Jacqueline …«

»Das hört sich doch nicht schlecht an«, sagte Bernard.

»Wir haben uns ganz gut amüsiert. Weil es geregnet hat, haben wir fast die ganze Zeit getanzt. Konnte man ja nichts anderes machen.«

Sie lehnte an einem der Kirschbäume auf der Wiese, die Arme vor dem Bauch verschränkt. Bernard saß auf der niedrigen grünen Bank, ihre Beine auf Augenhöhe. Die untergehende Sonne schien von der Seite auf die braune Haut. Mit der Spitze ihrer Sandale zeichnete Claire kleine Kreise in die Erde.

»Ich habe mit Simone Chaudet über dich geredet …«

»Aha«, sagte Bernard.

»Ja. Wusstest du, dass Françoise in Royan ist?«

»Nein, wusste ich nicht.«

»Scheint dich ja nicht sonderlich zu interessieren«, stellte Claire fest. »Und dabei sah es immer so aus, als wäre das die ganz große Liebe.«

Er hob den Kopf. »Wer hat das behauptet?«

»Oh, niemand. Ich habe doch nur gesagt, ›es sah so aus‹. Wie man das eben so sagt. Und wenn schon: Ist doch kein Verbrechen.«

»Das hat garantiert Simone verzapft, die blöde Kuh.«

»Nicht nur sie. Françoise ist doch nicht die Schlechteste.«

»Diese verdammte …« Bernard ballte die Faust. »Eines Tages kriegt die eins auf ihr Plappermaul, aber nicht aus Versehen. Wenn sie nicht auch noch so hässlich wäre …«

Claire musste lachen. »Na hör mal! Die Arme kann doch nichts dafür.«

»Doch«, sagte Bernard.

Claire zupfte ein Blatt vom Baum und riss es in lauter kleine Streifen.

»Und du? Warst du schwimmen?«

»Und wie.«

»Im Regen?«

»Nein. Danach. Es war großartig.«

»War viel los?«

»Nein. Nur ein paar Typen aus La Ferté, glaube ich. Aber die waren weiter unten … Ach, und da war auch noch so ein Mädchen«, fügte er hinzu. »Aber die kennst du nicht. Sie ist über die Ferien in Percy.«

»Ach die, die du nach Hause gefahren hast?«, fragte Claire.

»Moment mal …«

»Tja, ich weiß einfach alles.« Sie lachte. »Der Vater von Jean und Marinette hat euch nämlich auf dem Rückweg überholt.«

»Ein beigefarbener Panhard«, sagte Bernard.

»Ich glaube, ja. Ich weiß gar nicht, wie er darauf kam. Weil ich so gelacht habe, hat er schon gedacht, er wäre in irgendeinen Fettnapf getreten. Zumindest hat er so getan.«

»Es gibt Leute, die wissen einfach über alles Bescheid«, sagte Bernard.

»Stört dich das?«

»Es wäre nicht höflich gewesen, sie die zwei Kilometer zu Fuß laufen zu lassen, oder?«

»Galant, wie du nun mal bist«, sagte Claire. »Und? Hat das Bad zu zweit wenigstens Spaß gemacht?«

»Na ja. Geht so. Ich frage mich, wie die sich eigentlich über Wasser hält. Die schwimmt derart langsam!«

»Kanntest du sie?«, fragte Claire.

»Kaum. Ich habe sie vorgestern zum ersten Mal gesehen. Interessiert dich das wirklich?«

»Oh nein«, sagte Claire. »Ist sie hübsch?«

»Ich dachte, es interessiert dich nicht?«

»Ich frage nur so«, sagte Claire. »Aber wenn du schon freiwillig von ihr erzählst, muss sie eigentlich hübsch sein.«

»Also so was!«, rief Bernard. »Du hast doch mit dem Thema angefangen, nicht ich.«

»Entschuldige bitte, aber du hast gesagt: ›Da war auch noch so ein Mädchen‹. Und erst danach habe ich dir von dem Auto erzählt.«

»Stimmt«, gab er zu. »Also gut: Sie ist nicht wirklich hässlich.«

»Ist sie schon älter?«

»Ich habe nicht darauf geachtet! So alt wie du vielleicht. Keine Ahnung. Nein, wahrscheinlich etwas jünger.«

»Wie Simone?«

»Nein. Ich hab dir doch gesagt, sie war nicht wirklich hässlich.«

Claire lachte. »Simone ist vielleicht hässlich, aber ein Alter hat sie trotzdem.«

»Das glaube ich nicht«, erwiderte Bernard. »Aber gut: Dieses Mädchen war jünger. Sechzehn vielleicht.«

»Und? Hast du ihr gefallen?«

»Sag mal«, rief Bernard, »Was denkst du von mir? Ich habe doch gesagt, ich kenne sie nicht, habe sie erst ein Mal gesehen. Ich ... Ach, du bist wirklich unglaublich ... Das hört sich ja so an, als könnte ich kein Mädchen mehr treffen ...«

»... ohne dass sie sich auf der Stelle in dich verliebt«, vollendete Claire seinen Satz. »Das ist doch schmeichelhaft, oder? Hast du wenigstens rausgefunden, wie sie heißt?«

»Nein ... Oder doch.« Er lachte. »Huguette. Willst du auch noch wissen, welche Schuhgröße sie hat?«

»Huguette! Was für ein blöder Name. Aber wo du schon dabei bist, erzähl ruhig weiter von ihr. Das interessiert mich brennend.«

Sie setzte sich neben ihn auf die Bank.

»Was soll ich denn erzählen?«, fragte Bernard. »Sie war da am Ufer. Ich musste einfach mit ihr reden. Nicht, was du denkst. Zwischen Jungs und Mädchen kann es auch, na, wie soll ich sagen, einfach so etwas wie Freundschaft geben ...«

»Freundschaft?« Claire tat überrascht. »Ein großes Wort sprichst du gelassen aus. Das ist doch sonst nicht deine Art. Aber erzähl ruhig weiter: War sie schon im Wasser, als du kamst?«

»Du bist wirklich unglaublich«, sagte Bernard kopfschüttelnd. »Nein. Sie ging gerade ins Wasser. Ich übrigens auch. Dann hat es geregnet. Wir mussten uns unter Bäume stellen. Dann sind wir schwimmen gewesen, und dann habe ich sie nach Hause gefahren. Das ist alles. Zufrieden?«

»Unter einen Baum oder zwei Bäume?«, fragte Claire.

»Zwei im Abstand von über zwei Metern.«

»Das muss dir ja unglaublich schwer gefallen sein. Hast du nichts unternommen, um näher an sie ranzukommen?«

Bernard grinste. »Das ist wirklich nicht zu fassen.«

»Also so, wie ich dich kenne …«

»Was soll das jetzt wieder heißen? Wie kennst du mich?«

»Schon gut. Das ist deine Sache. Ich will nicht um jeden Preis dein großes Geheimnis lüften …«

Er betrachtete Claires weißes Kleid und ihre schmalen braun gebrannten Beine. ›Ich habe unglaublich gefroren‹, dachte er.

»Woran denkst du gerade?«, fragte Claire. »Soll ich dich in Ruhe lassen? … Schon gut, reg dich nicht auf.«

»Du bist wirklich blöd«, sagte Bernard.

»Damit habe ich mich abgefunden. Möchtest du, dass ich dich mit deinen Gedanken allein lasse?«, fügte sie mit einem Seitenblick hinzu. »Gut … Reden wir von was anderem. Du musst mich ja für eine furchtbare Nervensäge halten.«

»Genau das«, sagte Bernard.

Claire schwieg. Bernard sah immer noch auf ihre fein geschwungenen Beine, die sie lang über den schwarzen Boden des Gartenwegs ausgestreckt hatte. ›Es stimmt schon. Wenn sie geht‹, dachte er, ›sieht das witzig aus. Wie ein Schmetterling.‹ Ihr Kleid hatte kleinteilig blaue geometrische Muster. Sie warf ihre Haare nach hinten.

»Reden wir von anderen Dingen«, sagte sie. »War der Regen schön kühl?«

»Allerdings«, sagte Bernard. »Aber nach zwanzig Minuten Regen war das keine gute Idee, ins Wasser zu springen.«

»Hat dich keiner zu gezwungen«, sagte Claire.

»Nein, natürlich nicht. Aber mit so einem Mädel, die weder Kälte spürt noch …«

»… da wolltest du natürlich nicht klein beigeben, so als Mann … Und ihr macht die Kälte nichts aus?«

»Absolut nicht«, sagte Bernard.

»Wenn sie so eine Ausnahmeerscheinung ist, hättest du ihr das nicht nachmachen müssen …«

»Ich hatte einfach Lust zu schwimmen, und ich war schwimmen. Punkt.«

»Du hattest Lust und warst schwimmen«, sagte Claire. »Dann ist ja alles wunderbar.«

Sie schlug die Beine übereinander. Im Abendlicht wirkten ihre Oberschenkel besonders wohl geformt. Bernard sah die helleren und fülligeren Beine von Huguette vor sich, von denen das Wasser wie von Ölpapier heruntertropfte. Als sie aus dem Wasser gestiegen war, hatte sie ihr Handtuch genommen und sich sorgfältig erst den Rücken, dann die Arme und Beine abgetrocknet, alles mit Bewegungen von entmutigender Langsamkeit. Sie hatte sich hinter eine Hecke zurückgezogen und war trocken und rosig in ihrem kaum zerknitterten Faltenrock wieder aufgetaucht. ›Ich bin wirklich ein Idiot‹, dachte Bernard. ›Ich bin einfach zu gutgläubig. Freundschaft! Wenn sie redet, gurrt sie wie ein Täubchen. Und deshalb falle ich auf den ganzen Quatsch rein. Als ob ich die ganze Zeit nur an Freundschaft gedacht hätte …‹

»Du siehst müde aus«, sagte Claire.

Das Abendlicht verlieh seinen Zügen ungewöhnliche Sanftheit.

»Kann schon sein«, sagte Bernard. »Mir war vielleicht kalt. Zwanzig Minuten im Regen. Das hat mir wirklich den Rest gegeben. Danach hätte ich fast noch eins auf die Fresse bekommen.«

»Nein!«

»Doch. Auf dem Rückweg im Auto. Na ja, was heißt auf die Fresse … Als der Panhard mich überholt hat, habe ich auf einmal gedacht – völlig bescheuert –, er bremst direkt vor mir. Ist jetzt zu umständlich, das zu erklären. Die sind halt knapp vor mir eingeschert, weil sie einem entgegenkommenden Lastwagen ausweichen mussten, den ich nicht gesehen habe. Kompliziert, nicht? Auf jeden Fall habe ich eine Vollbremsung hingelegt, und wir sind ganz schön ins Schleudern gekommen.«

»Und das Mädchen? Was hat sie dazu gesagt?«

»Nichts. Sie hat das nicht begriffen. Sie hat wahrscheinlich gedacht, ich spinne, und ist ausgestiegen.«

»Ist sie vor dir weggelaufen?«

»So'n Quatsch. Sie wollte sich nicht kompromittieren. Da hat sie die Gelegenheit genutzt und ist ausgestiegen.«

»Gute Idee«, sagte Claire. Sie zog ihre Wolljacke zurecht und knöpfte sie zu.

›Ich bin immer zu gutgläubig‹, dachte Bernard. ›Ich glaube immer, was sie sagen.‹

Claire setzte sich auf und schlug ihre Beine übereinander.

»Du musst nächstes Mal mitkommen zu Jean und Marinette. Wenn du nicht da bist, langweile ich mich zu Tode.«

»Ich weiß aber nicht, ob ich dann noch kann«, sagte Bernard. »In einer Woche bin ich weg. Da geht mein Studium los.«

»Wir hätten noch genug Zeit«, sagte Claire. »Auch ich fahre, allerdings erst Anfang September, also in fast einem Monat.«

»In einem Monat«, wiederholte er nachdenklich.

Claires Knie ragte angewinkelt unter dem Saum ihres Kleides hervor. ›Mir war wirklich eiskalt‹, dachte er. ›Das hätte ich nicht machen sollen.‹

»Du wirst dich schneller dran gewöhnen, als du denkst«, sagte Claire.

»Hoffentlich«, sagte Bernard.

»Außerdem ist das ja auch interessant, mal was Neues zu machen«, sagte sie und malte auf ihre Schenkel mit dem Fingernagel kleine unsichtbare Zeichnungen.

Bernard umarmte sie und zog sie sanft zu sich. »Hoffentlich«, sagte er.

»Was?«, fragte Claire. »Ich habe nicht verstanden, was du gesagt hast.«

Sie drehte den Kopf und ließ sich auf die Schläfe küssen. Sie lachte.

»Wie bist du denn heute drauf? Ganz schön merkwürdig, so … Bist du sauer, wenn ich sage, was ich denke?«

»Sag's nur.«

»Du bist so … sanft, so ungewöhnlich harmlos.« Sie fing an zu kichern. »Wirklich lustig. Ich bin sicher, du hast ihr nicht eine Sekunde Angst eingejagt.«

»Ist es jetzt bald gut?«, grummelte Bernard und schüttelte sie heftig. Er spürte durch die Wolljacke ihre muskulösen Schultern.

»Also: Habe ich ihr Angst eingejagt?«, rief er.

»Aber ja doch. Du warst furchtbar. Du hast das arme Mädchen völlig verschreckt«, erwiderte Claire und brach in schallendes Gelächter aus. »Du weißt ja gar nicht, was du sagst.«

»Ich bin einfach schrecklich erschöpft«, sagte er und küsste sie.

4

Michel schaltete die Scheinwerfer aus. Die Garage lag auf einmal im Dunkeln.

»Soll ich Licht anmachen?«, fragte Elisabeth.

»Nein, nicht nötig. Ich komme mit.« Michel richtete sich auf und schloss die Fahrertür.

»Eigenartig!«, sagte Elisabeth. »Es kommt mir so vor, als ob es später wäre als beim letzten Mal. Die Tage werden kürzer. Vor zwei Wochen war es noch hell, als ich mit dem Zug um die Uhrzeit zurückgekommen bin.«

Sie wartete, bis er das Rolltor heruntergezogen hatte. Gemeinsam gingen sie zur Terrasse.

»Da ist Claire«, sagte Michel. »Ich erkenne sie an ihrem weißen Kleid. Ich glaube, sie ist mit Bernard zusammen.«

»Ja, richtig«, sagte Elisabeth. »Was hat Bernard denn in der Hand? Habt ihr Pfirsiche gesammelt?«, rief sie.

»Ja«, sagte Bernard. »Bei dem Regen sind fast alle runtergekommen.«

»Aber wirklich alle«, sagte Claire. »Es hat derart geschüttet.«

»Hier, Mama. Nimm einen«, sagte Bernard und hielt Elisabeth den Obstkorb hin.

»Danke«, sagte sie. »Ich habe jetzt keine Lust auf Obst. Mein Ausflug war ziemlich anstrengend. Wenn ich denke, ich hätte den Zug nehmen müssen! Bedienen Sie sich doch, Michel. Stellen Sie Ihre Koffer ab. Es war reiner Zufall, dass ich Michel getroffen habe.«

»Er wollte sich heimlich davonmachen«, sagte Claire.

»Allerdings. Aber Sie können uns nicht entkommen. Sie haben das Schicksal gegen sich.« Elisabeth lachte.

»Ist dein Vater in seinem Zimmer?«

»Ich glaube schon«, sagte Bernard.

»Michel, geben Sie mir doch bitte meine Handtasche, oder nein. Bernard, kannst du sie nehmen? Begleitest du mich kurz nach oben? Ich bin ziemlich erschöpft heute Abend. Stell den Korb einfach hin, du kannst ihn später holen.«

»Ich kann den tragen«, sagte Claire.

»Ich mach das schon«, sagte Michel. Bernard überreichte Michel den Korb.

»Aber du hast noch den Koffer zu schleppen«, sagte Claire und nahm ihm den Korb ab.

»Stellt die Pfirsiche in die Küche«, sagte Elisabeth. »Kommst du, Bernard?«

»Wir gehen hintenrum«, sagte Claire.

»Wie ihr wollt. Gute Nacht ihr beiden.« Elisabeth entfernte sich mit Bernard.

»Nimm doch noch einen«, sagte Claire. »Greif einfach zu, ohne Aufforderung. So wie ich. Ist, glaube ich, schon mein zwanzigster heute. Die matschen ziemlich schnell.« Dann fuhr sie fort: »Du willst uns also verlassen?«

»Ach, das ist eine blöde Geschichte«, sagte Michel. »Ich bekomme einen Anruf in Percy, renne los, und es ist niemand da. Ich schreibe auf die Schnelle eine Nachricht ...«

»Weil du heute Abend gar nicht hier sein wolltest?«

»Ich wusste's nicht. Kann auch gut sein, dass ich morgen früh gleich wieder wegmuss.«

»Für länger?«, fragte Claire.

»Vielleicht.«

»Ist dein Urlaub vorbei?«

»Das war kein Urlaub, sondern … Die haben mir das vorher gesagt. Aber es war nicht sicher, ob sie mich brauchen, und da habe ich mir trotzdem Urlaub genommen. Kann gut sein, dass ich sogar woandershin muss.«

»Weg aus Paris?«

»Nur vorübergehend. Man hat mir vorgeschlagen, nach Portugal zu gehen.«

»Und? Machst du das?«

»Das hängt nicht von mir ab«, sagte er. »Das ist eine Art Ausbildung. Für ein, zwei Monate.«

»Ein, zwei Monate? Das klingt aber wirklich blöd. Kannst du nicht einfach ablehnen?«

»Doch, schon. Im Zweifelsfall.«

»Nach Portugal!«, wiederholte sie. »Das ist doch ein Witz, oder? An deiner Stelle würde ich denen was husten.«

Michel musste grinsen. »So einfach geht das nicht. Aber ich werde morgen in Ruhe darüber nachdenken.« Er öffnete die Tür und machte das elektrische Licht im Flur an. »Geh nur vor.«

Claire schloss die Tür hinter sich und stellte den Korb auf den Boden. »Nimm doch noch ein paar, bevor du nach oben gehst. – Mehr, das reicht nicht. Sei nicht so schüchtern. Obwohl – nachher machst du dir das Jackett damit schmutzig. Warte mal, ich hole einen Beutel.«

Sie ging in die Küche und kam mit einem rot und grün bemalten Kinderkörbchen zurück.

»Der ist doch niedlich, oder? Eins, zwei, drei, vier, fünf. Mehr passen nicht hinein. Das reicht für heute Abend. Oder gehst du gleich noch weg?«

»Nein«, sagte Michel. »Ich geh auf mein Zimmer. Kann ich dir noch helfen?«

»Danke, nein«, sagte Claire. »Also, gute Nacht.«

»Gute Nacht«, sagte Michel und stieg die Treppe hinauf.

Dritter Teil

Schlusskapitel

1 Die Gartenansicht zeigt ein grün, gelb und dunkelbraunes Dreieck: Grün sind links die Wiese und die Bäume, gelb rechts der Nutzgarten und die von der Hitze verdorrten Blätter der Erbsen. Die obere Spitze des Dreiecks bildet das Schieferdach des Hauses, das in der Sonne glitzert. Es ist neun Uhr.

Das Grundstück grenzt an die Straße von Percy nach Meaux und an einen Weg, der durch Weizenfelder und Wiesen führt und an den Gärten zurückgesetzter Häuser endet. Vor dem Tor beschreibt die Straße eine scharfe Kurve. Autofahrer müssen das Tempo drosseln, wenn sie vorbeifahren. Richtung Percy geht es bis zu den ersten Häusern leicht bergab. In die andere Richtung steigt das Gelände weiter an, bis die Straße schließlich das Flusstal verlässt und in eine lange Gerade übergeht, die durch Weizen- und Rübenfelder führt. Rechts und links wird sie von Alleebäumen gesäumt, die um diese Uhrzeit lange, flache Schatten werfen, bis weit über den Straßengraben in die Felder hinein. In den Spurrillen des Straßenbelags sind noch ein paar Pfützen stehen geblieben, die in die Schatten helle Flecken mischen.

Ein Auto fährt in Richtung Percy. Es bremst in der Kurve vor dem Haus und verschwindet im Dunkel der Alleebäume zwischen den schmalen, weißgrauen Häusern. Dann fährt, wesentlich schneller, ein Milchlaster vorbei. Als er außer Sicht ist, herrscht wieder Stille. Nur von der Stadt her hört man entfernt das Summen der Motorengeräusche, der Schritte, Schreie und Hammerschläge, gleichmäßig und leise wie das Plätschern eines kleinen Wasserfalls. Dann hört man wieder einen Motor, diesmal von unten, aus Percy kommend. Das Geräusch ist höher, wie bei einer Sirene. Ein beladener Lastwagen, der im Anstieg von einem anderen Wagen überholt wird. In Gegenrichtung erscheint ein weiteres Fahrzeug. Die beiden Limousinen begegnen sich direkt vor dem Haus. Der Lastwagen befindet sich immer noch im Anstieg, als der nächste Wagen vorüberfährt. Das dröhnende Motorengeräusch in der immer gleichen Frequenz klingt wie ein lang angehaltener Orgelakkord. Der Lastwagen fährt langsam am Haus vorbei. Ihm kommen zwei Fahrradfahrer entgegen, die zwischen den Alleebäumen verschwinden. Ein Auto fährt um die Kurve und überholt sie kurz vor den Häusern.

Es ist neun Uhr, und das Laub unter der Kirschlorbeerhecke ist immer noch feucht, die Sonne hat den Boden der Garagenzufahrt noch nicht trocknen können. Hitze und Wind werden die dunkelbraunen Lehmklumpen erst später wieder in staubende Sandkörner zerlegen. Unter den Blumen ist die Erde schwarz. Die Farben des Sommers, das Rot und Rosa der Geranien, das Orange und Gelb der Löwenmäulchen und Zinnien haben durch den Regen ihre satte Leuchtkraft eingebüßt. Vor der Freitreppe blinkt ein dichtes Gestrüpp aus Heliotrop und Salbei wie hell bedruckter Kleiderstoff.

Auch das Grün der Wiese ist silbrig und hell wie Frühlingsgrün. Die Tannen werfen lange, nur durch den Rasen weich gezeichnete Schatten. Er sieht wie das dichte, kurzhaarige Fell eines Tieres aus. Zwischen zwei gleich hohen Tannen ist ein Blumenbeet angelegt worden. Die Farben der Blüten sind jedoch kaum zu erkennen. Wenn man das Grundstück betritt, verdeckt einer der beiden Bäume die Freitreppe, der andere das linke Fenster, das des Salons. An beiden Seiten der Wiese führen Wege entlang. Der breitere verläuft parallel zur Hausmauer und trifft hinter dem Haus auf die Garage. Der Belag aus Schlacke und rotem Sand ist nass und körnig. Die Sonne scheint seitlich auf die Hausfassade, und die hölzernen Fensterläden werfen lange, schwarze Schatten, die von einem Fenster bis zum nächsten reichen. Nur der schmale Streifen Wand zwischen den Etagen liegt im matten Licht. Alle Fensterläden sind offen. Man sieht niemanden, und man hört außer den vorbeifahrenden Autos und dem fernen Summen der Stadt nur das Vogelgezwitscher in den Bäumen, das Gackern der Hühner im Stall hinter dem Nutzgarten und irgendwo das Murmeln fließenden Wassers.

Nach dem Regen sah der Rasen gleich viel frischer aus.

Aber die Erde der Blumenbeete ist noch dunkel und klumpig. Sie ist mit zahllosen welken Blütenblättern übersät, deren Farben fleckig geworden sind. Der Regen hat kaum eine Blume verschont. Ihnen ist die spröde Anmut von Wildblumen geblieben, die sich eher schüchtern mit ihren Formen hervorwagen. Die Feuchtigkeit verleiht den Blüten Glanz, aber die satten Farben, von denen sich der Rasen gestern noch giftig grün abhob, haben sie eingebüßt. Jetzt schimmert er grausilbern, die Blumen dagegen sehen fast farblos aus, weiß, grau oder schwarz, je nachdem, wie der Wind die Sonnenflecken spielen lässt. Auch das Haus ist weiß und grau, und die großen dunklen Rechtecke der Fenster wirken, wenn sie das zarte Morgenlicht reflektieren, ebenfalls schwerelos und leicht. Die Mauern scheinen in diesem Licht nicht dicker als die hölzernen Fensterläden zu sein, leicht und beweglich wie ein Grashalm oder ein Blatt im Wind, leicht wie das Morgenlicht selbst, das alles umgibt, ohne die Umrisse aufzulösen. In diesem Licht wirken die Dinge, die sich verletzlich und schüchtern hervorwagen, jugendlich unvollkommen: Sie strotzen vor jener zögerlichen Kraft, die nach einem Daseinsgrund sucht, aber noch keine Bestimmung gefunden hat und deshalb die provozierende Einfachheit gebrochener Linien der kurvenreichen Fülle reifer Formen vorzieht.

Weiter hinten schillert der Nutzgarten hinter einem Zaun aus Stöcken und Ästen, an denen zum Teil getrocknetes Laub hängt. Im Morgenlicht sieht dieser Zaun wie ein dichtes und kompliziertes Webmuster aus. Die großen, an den Rändern weich herunterhängenden, filzigen Blätter der Kürbispflanze haben sich bis auf den Weg ausgebreitet. Daneben stehen, augenblicklich im Schatten, aber mittags der Sonne ausgesetzt, ein paar dürre Tomatenpflanzen, die durch Vierkanthölzer dicht am Stamm abgestützt werden. Sie tragen schwer an der Last ihrer lang gezogenen blassgrünen Früchte. Vor der Abschlusskante des Beetes wachsen verschiedene Kohlsorten, Porree und Zwiebeln, und an den schütteren Pfirsichbäumen dahinter hängen noch vereinzelt gelbe und grüne Früchte.

Jemand öffnet das Fenster des Salons und schließt die hölzernen Läden. Ein Vogel fliegt, aufgeschreckt durch den Lärm, davon und bringt sich auf einem hoch gelegenen Tannenast in Sicherheit. Nach einer Weile fliegt er zwitschernd herunter und landet mitten auf dem Weg vor der Freitreppe. Er nähert sich hüpfend der Treppe, pickt im Sand herum und sieht sich dabei mit seinen kleinen gelben Augen aufmerksam um. Ein zweiter Vogel landet neben ihm auf dem Rasen. Er dreht prüfend den Kopf zur Seite, hüpft ein paar Mal in die Richtung des ersten und pickt dann ebenfalls etwas zwischen den Sandkörnern auf. Der erste fliegt davon und verschwindet hinter den Bäumen. Der zweite hüpft weiter, folgt ihm dann in die Zweige.

Man hört die Bremse eines Autos quietschen, das vor dem Haus vorbeifährt. Der Motorenlärm verebbt allmählich und wird bald von einem anderen, höheren und dünneren Motorengeräusch übertönt, ein Auto, das bergauf fährt. Die Haustür wird plötzlich aufgerissen. Louise erscheint auf der Freitreppe und schlägt ein Staubtuch über der Balustrade aus. Sie verschwindet gleich wieder im Haus. Man hört ihren schweren Schritt auf dem Parkett des Vestibüls, dann hört man das Geräusch einer Tür, die ins Schloss gezogen wird.

»Ich komme«, ruft Marie-Thérèse.

Sie rennt die Stufen der Freitreppe vor dem Haus herunter und lacht. Sie hat ihren blauen Eimer in der Hand und eine viel zu große Sandale mit Lederriemchen am Fuß. Sie verschwindet zwischen den Bäumen.

»Marité!«, ruft jemand hinter dem Haus. »Marité!«

Dann ist es wieder still. Ein Auto fährt vorbei. Plötzlich hört man eine helle Kinderstimme und Gelächter. Marie-Thérèse kommt an der Ecke der Terrasse zum Vorschein. Sie rennt vor Claire davon, die sie erst auf der Wiese einfängt. Sie balgen sich auf dem Rasen und kichern.

»Gib mir sofort die Sandale zurück!«, ruft Claire. »Los, her damit.«

Sie bekommt die Sandale schließlich zu fassen, wischt ihre nackte Fußsohle am Rasen ab und zieht die Sandale an. »So was! Das hätte ich nicht von dir erwartet! Du …!«

»Du verpetzt mich aber nicht, oder?«, fragt Marie-Thérèse.

»Hast du dir so gedacht, was? Eigentlich ist das gar nicht witzig. Ich hätte mich verletzen können bei all den Scherben hinten im Hof. Michel hat außerdem alles gesehen.«

»Michel?«

»Ja, der war oben am Fenster. Also: Kein Grund zu lachen. Du weißt, was dich erwartet!«

»Was denn?«, fragt Marie-Thérèse.

»Ach, Schwamm drüber. Hoffentlich hast du mein Buch wenigstens liegen lassen.« Claire erhebt sich. »Das hinten auf dem Stuhl.«

»Ja, hab ich.«

»Ganz sicher? Ich gehe gleich mal nachsehen.«

»Ich habe dein Buch nicht weggenommen«, sagt Marie-Thérèse.

»Gut, dann will ich dir das mal glauben.« Sie hebt Marie-Thérèse hoch und stellt sie wieder auf die Füße.

»Komm mit in die Sonne. Hier ist es mir zu kalt und zu feucht.«

Claire schiebt Marie-Thérèse vor sich her. Sie laufen kichernd an der Brüstung der Terrasse entlang. Ihre hüpfenden Schatten, dünn und lang gestreckt durch die noch tief stehende Sonne, gleiten über die leicht gewellte Wiese.

»Warte«, sagt Claire.

Sie hebt den Fuß und lässt einen Stein aus ihrer Sandale fallen. Dann hebt sie den Kopf und wirft ihre blonden Haare, die sie heute Morgen nach hinten gekämmt hat, aus der Stirn. Sie trägt ihr helles, geblümtes Kleid, das in breiten Falten bis zum Knie fällt. Ein roter Gürtel zieht das Kleid um die Taille zusammen. Die beiden gehen weiter, und die Schattenrisse der Balustrade malen verdrehte und zitternde Linien auf ihre im dämmrigen Licht flüchtigen Silhouetten. Claire verlässt den Weg, läuft über die Wiese und bückt sich. Sie kehrt um, aber Marie-Thérèse ist ihr hinterhergerannt, und sie treffen sich mitten auf der Wiese. Claire hält ihr einen Pfirsich hin und beißt in einen anderen.

»Wisch den erst ab. Der ist dreckig«, sagt sie kauend. »Gib mal her.«

Marie-Thérèse sieht den Pfirsich an, streift mit dem Finger darüber und gibt ihn Claire zurück. Die Sonne scheint ihr direkt ins Gesicht und zwingt sie, die Augen zuzukneifen, bis die Wimpern die dichten Augenbrauen zu berühren scheinen.

»Der hier ist schon reif«, sagt Claire. »Und deiner? Wir holen uns später noch welche. Aber jetzt lesen wir erst mal.«

Sie zieht Marie-Thérèse an der Hand weiter, und ihre hellen Kleider werden hinter der leuchtenden Hausecke vom Schatten verschluckt. Man hört ihr Lachen hinter dem Haus.

Der Garten riecht nach Regen, nach nassem Sand und vermodernden Blättern. Ein erster Herbstgeruch. Die Sonne scheint noch zu schwach, um die kalte, feuchte Luft zu durchdringen, die aus dem Gras aufsteigt. Die Geräusche sind gedämpft, doch das emsige Gemurmel des Tages schwillt mehr und mehr an, je weiter die Schatten wandern und je kürzer sie werden, so als würde die Arbeit der Menschen auf den Feldern oder unten in der Stadt von dieser kühlen Luft zehren und ihr nach und nach die jugendliche Frische rauben. Bäume und Blumen brauchen einen halben Tag, um sich ganz zu entfalten. Der Mensch erwacht dagegen in wenigen Sekunden, und die Schönheit des Morgens ist für ihn nichts weiter als ein belebender und doch manchmal bitterer täglicher Trunk. Der Mensch ist nicht dafür geschaffen, das Entstehende bloß zu betrachten, das bald die Luft um ihn herum mit Härte erfüllen wird, sondern er muss jener allmählichen Verfestigung seiner Umgebung vorgreifen, die er täglich mit schweißgetränkter Stirn und feuchten Händen zu überwinden hofft. Später wird ihm der Magen vom Mittagessen schwer werden. Die Beine werden steif und wie gelähmt sein, weil er wieder nicht rechtzeitig die Kraft aufgebracht hat, sich aus seinem Stuhl zu erheben bei diesem ohrenbetäubenden Surren der Fliegen und dem unangenehm sauren Geschmack, wenn er Wein aufstößt. Noch aber fühlt er sich leicht wie die frische Luft, die durch den Hemdenstoff und das Gewebe seines Sakkos hindurch seine Arme, seine Brust und seinen Bauch mit der Kälte klaren Bachwassers umfängt. Beschwingt geht er los, zufrieden, die Kraft spielen zu lassen, die er in sich spürt, unaufhaltsam und klar wie einen Strom.

»Aber nicht doch«, sagt Michel. »Bitte nach Ihnen.«

Monsieur Roby tritt auf die Freitreppe, und die beiden steigen hinunter.

»Oh. Ich bin ganz sicher: Wenn François da wäre … Ihm macht das Spaß, aber auf Bernard kann man in diesen Dingen nicht zählen. Ich finde allerdings, dass ich gar keine so schlechte Figur als Gärtner abgebe.«

»Eine hervorragende«, sagt Michel.

»Ich kann zwar nicht behaupten, dass es mir übermäßig Spaß macht, aber man kann sich daran gewöhnen, wie an alles. Zugegeben, es macht sogar Spaß, aber nur ein bisschen. Na ja. Das Gröbste ist jetzt erledigt, und der Rest …«

»Wann ist das mit dem Gärtner passiert?«

»Im Mai, ist fünf Monate her. Allerdings so, wie er das gemacht hat … Er kam nur zwei Mal pro Woche, nach seiner eigentlichen Arbeit. Haben Sie ihn mal kennen gelernt?«

»Nein«, sagt Michel.

Sie sind unten an der Treppe angekommen. Monsieur Roby ist, aufs Geländer gestützt, stehen geblieben.

»Ach so. Sie kennen ihn gar nicht. Ein netter Kerl. Aber wie gesagt, man darf nicht allzu viel von ihm verlangen. Er ist der Mann von Louise. Da konnten wir natürlich nicht Nein sagen. Jedenfalls war ich nach seinem Unfall gezwungen, mich selbst um den Garten zu kümmern, vor allem um die Blumen. Sie vernünftig anzuordnen hat allerdings nicht viel mit Gartenarbeit zu tun.«

»Ja. Das ist eher eine Frage des guten Geschmacks.«

»Und der Garten hat bei uns Tradition. Der Nutzen ist zwar gering, aber wir haben nun mal das große Grundstück, und dann muss man auch was damit machen. Er hat sogar Tomaten angepflanzt.«

»Ach, tatsächlich!«, sagt Michel.

»Haben Sie gesehen, was draus geworden ist? Wir haben August, fast September! Die reifen bestenfalls hinterher auf dem Speicher. Ich kann sie Ihnen zeigen. Sie haben doch noch einen Moment Zeit?«

»Aber sicher«, sagt Michel.

»Sehen Sie sich die Geranien an! So ein Regen nützt

überhaupt nichts. Er macht bloß alles kaputt. Hier! Da ist der Sand weggespült worden. Man sieht die Steine darunter. Uns ist das ja egal, ob's regnet oder nicht, ob's warm oder kalt ist, vom Frost mal abgesehen. Aber so ein Garten … Hier, sehen Sie.« Er hält zwischen den Fingern eine winzige, oval geformte grüne Tomate.

»Hätten Sie nicht einen anderen Gärtner finden können?«

»Doch, schon. Ist allerdings nicht einfach, und im Augenblick mache ich das wirklich ganz gern. François hatte immer Spaß an der Gartenarbeit. Er hat den Rasen gemäht und auch die Rabatten da vorne angelegt. Er hat wirklich Geschmack!«

Er lacht.

»Ja, die Rabatten waren letztes Mal noch nicht da. Ich kann mich gar nicht mehr erinnern, was vorher da gestanden hat«, sagt Michel.

»Drei oder vier Rosensträucher. Die stehen jetzt da hinten.« Er zeigt auf die Mauerecke neben den Pfirsichbäumen. »Die werde ich aber noch mal umpflanzen.«

»Da haben Sie ja noch einiges vor. Und Sie sagen, Sie tun hier im Garten so gut wie nichts?«

»Sie haben Recht«, sagt Monsieur Roby. »Weil ich mich drum kümmern musste, habe ich angefangen, mich richtig dafür zu interessieren. Das geht mir immer so, doch bin ich wahrscheinlich nicht der Einzige: Irgendwann fange ich bei allen Beschäftigungen an, sie ernst zu nehmen. Finden Sie nicht auch, dass man normalerweise viel zu viele Dinge ernst nimmt? Ich will damit nicht sagen, dass man sich über alles lustig machen sollte, keineswegs. Aber es heißt immer, wir leben in einer leichtfertigen Zeit und nehmen nichts mehr ernst. Ich finde, wir nehmen außerordentlich viele Dinge viel zu ernst, wesentlich mehr als früher jedenfalls.«

»Die Menschen haben sich weiterentwickelt«, sagt Michel.

»Ja, erheblich, selbst die Vergnügungen und Zerstreuungen sind andere geworden. Aber müssen wir uns denn immer gleich mit Leib und Seele in alles hineinstürzen? Das ist doch traurig. Sie lachen!«

»Nicht darüber«, sagt Michel. »Ich bin ganz Ihrer Ansicht, aber meinen Sie nicht auch, dass wir geradezu versessen darauf sind, unglücklich und traurig zu sein?«

»Na, das geht mir jetzt doch zu weit.« Monsieur Roby bückt sich, um ein Kürbisblatt abzuknicken, das auf den Weg gewachsen ist. Er lacht.

»Und was mich anbelangt, ist meine Frau sowieso ganz anderer Ansicht.«

Er zieht seinen Hut ab und wischt sich die Stirn.

»Wie auch immer. Sie sind in Eile.«

»Leider«, sagt Michel. Er nimmt eine Tomate und dreht sie zwischen den Fingern hin und her. »Ihre Tomaten werden schon noch Zeit haben, reif zu werden. Sehen Sie die hier. Die ist schon gelb und die da auch.«

»Wenn Sie meinen«, sagt Monsieur Roby.

»Doch sicher. Was spricht dagegen?«

»Wenn Sie meinen«, wiederholt Monsieur Roby und lacht laut auf. »Gut für die Tomaten – und gut für uns.

Kommen Sie, gehen Sie hier lang. Wir pflücken uns einen Pfirsich – wenn Sie Lust haben ...«

Er schließt das Tor hinter Michel und geht den Weg zurück. Seine Holzschuhe versinken tief im grobkörnigen Sand, der von der Feuchtigkeit immer noch aufgeweicht ist. Er geht bis zum Fuß der Freitreppe, streift kurz die Wiese und beugt sich dann über die Geranien. Seine Hand verschwindet zwischen den Stielen und berührt dabei einige Blütenblätter. Er jätet ein wenig Unkraut aus, das er zwischen den Blumen entdeckt hat, und klopft die an den Wurzeln hängenden Klumpen Erde ab. Er richtet sich auf, das Büschel Unkraut in der Hand, und geht ums Haus herum. Im Vorübergehen wirft er die ausgerupften Pflanzen in eine rostige Eisentonne, die vor der Garagenwand steht. Er dreht sich um, und eine Böe bläht sein weißes Hemd über der grauen Hose für einen Moment zu einer breiten, leuchtenden Brust auf. Er hat seinen neuen weißen Gartenhut, der an den Rändern noch ganz steif ist, in den Nacken geschoben. Der Wind hat aufgefrischt und jagt nun kleine weiße Wolken über den Himmel. Die Pfirsichbäume schaukeln ganz leicht, ein Pfirsich fällt auf ein Brett zwischen den Kohlreihen. Das dumpfe Geräusch schreckt einen Vogel auf. Er fliegt mit einem Schrei davon.

Er setzt seinen Hut wieder auf, dreht sich um und geht zum Kohlbeet. Er hebt den heruntergefallenen Pfirsich auf, findet dabei noch einen, der zwischen Unkraut liegt. Er legt sie beide auf den Eisentisch.

»Paul!«, ruft Elisabeth aus dem Küchenfenster. »Ist Marité bei dir?«

»Nein, sie ist mit Claire zusammen auf der Terrasse. Soll ich sie rufen?«

»Nein. Ich wollte nur wissen, wo sie ist.«

Er zeigt auf den Tisch. »Noch zwei Pfirsiche. Ich glaube, wir sollten die Kinder bitten, den Rest auch noch aufzulesen.«

»Ich dachte, sie hätten gestern Abend alles eingesammelt.«

»Offenbar nicht. Der Garten ist voller Vögel ... Und wenn man genau hinsieht, weiß man auch, warum ... Ach, ich mach das lieber selbst. Haben wir noch einen Korb im Schuppen?«

Sie sieht hinter sich in die Küche. »Muss noch einer da sein.«

»Gut«, sagt er.

Sie zieht sich vom Fenster zurück und durchquert das Vestibül. Man sieht ihre helle Bluse am Fenster des Salons vorbeischweben, hin und zurück, dann hört man das Geräusch ihrer Schritte auf der Treppe. Sie spricht, vermutlich mit Louise. Im ersten Stock werden Türen geschlossen. Elisabeth kommt herunter, und ihre Bluse kommt erneut ins Bild. Sie setzt sich hinten an den Tisch. Über den Fenstersims hinweg sieht man nur noch ihren Kopf.

2

Er geht den Abhang hinauf, und sein graues Sakko wird im lang gestreckten Schatten der Bäume, die in regelmäßigen Abständen stehen, abwechselnd dunkel und hell, ein klar gezeichnetes und bewegliches Rechteck, das nichts zu umhüllen scheint. Michel geht ziemlich schnell, und im Wechselspiel von Licht und Schatten sehen seine Schritte steif aus wie die eines Automaten. Schließlich erreicht er einen Weg mit Vorgärten, die in der Sonne flimmern. Nur manchmal fällt hier der Schatten eines Gitters oder eines Zauns auf seinen Ärmel. Mit den Windungen des Weges fallen die Schatten mal länger, mal kürzer, manchmal verschwinden sie ganz. Schließlich erreicht er eine Straße, die dunkelblau im Schatten liegt. Nur die obersten zwei Stockwerke der Häuser werden von der Sonne beschienen. Der Bürgersteig ist schmal, und er muss mehrfach auf die Straße ausweichen, den Verkehr abwarten oder sich an Autos vorbeidrücken, die auf dem Bürgersteig parken. Er betritt einen Tabakladen, kauft eine Zeitung und steckt sie in die Jackentasche. Die Straße riecht nach Benzin und Vormittagsluft. Alle Passanten gehen schnell und tragen etwas in der Hand: Beutel, Zeitungen, Aktentaschen. Auf dem Kirchplatz spült ein Bauarbeiter mit einem Wasserschlauch Dreck von der Straße. Die abprallenden Tropfen spritzen weit, fast bis zu den Beinen der Passanten. Der Geruch von nassem Staub und vermodernden Blättern liegt in der Luft. Er geht über die Straße. Auf der sonnenabgewandten Seite ist der Himmel heller, glatt und leicht wie poliertes Glas. Michel biegt in eine kleine, menschenleere Straße, die im Schatten bergab führt. Er trifft auf den Boulevard mit den neu gepflanzten Bäumen, dem er ungefähr zwanzig Meter folgt, bis zu einer Nebenstraße, die von Villen gesäumt wird und weiter hinten in unbebautem Gelände endet. Er klingelt an einem grünen Tor.

»Bist du das, Michel?«, ruft Irene. »Komm rein.«

Hinter den Sonnenblumen sieht man ihr weißes Kleid. Er tritt ein und schließt die Tür.

»Du kommst gerade rechtzeitig, um mir zu helfen«, ruft sie. Sie richtet sich auf und gibt ihm einen Begrüßungskuss auf den Mundwinkel.

»Nimm die hier.«

Sie reicht ihm eine Pflaume.

Er nimmt die überreife Frucht in den Mund. Sie schmeckt betäubend süß.

»Du hast sie gar nicht abgewischt«, sagt sie. »Na ja. Dreck reinigt den Magen.«

Sie lacht.

»Komm. Hilf mir.«

Sie legt ihm die Hand auf die Schulter und streift seine Wange mit ihren frischen und vom Pflaumensaft klebrigen Lippen. Der Garten liegt noch ganz im Schatten und ist feucht. Auf dem grünen Tisch sind ein Glas und eine Karaffe stehen geblieben. Zwischen den Bäumen hängt Wäsche auf der Leine, darunter auch Irenes marineblaues

Kleid. Er bückt sich und sammelt die Früchte ein, die sich zwischen den nassen Gräsern verstecken. Sie hockt auf der anderen Seite des Baumes, man sieht von ihr nicht mehr als das blasse Stück Haut ihres Rückenausschnitts. Sie steht auf und dreht ihm den Kopf zu. Im Schatten ist es noch so dunkel, dass er ihren Gesichtsausdruck nicht genau erkennen kann. Sie stellt den Korb auf den Weg. Er steht auf, legt die zwei Pflaumen, die er gefunden hat, hinein und zählt:

»Eins, zwei, drei, vier, fünf … dreiundzwanzig. Es sind dreiundzwanzig«, sagt er.

»Fehlt noch eine, dann sind's zwei Dutzend.«

Sie geht wieder zum Baum.

»Die hier ist die Letzte.«

Sie bückt sich.

»Sieh dir das an! Die ist für die Vögel. Man muss ihnen auch was übrig lassen.« Sie wirft die Pflaume mit Schwung über den nächsten Baum. Man hört, wie sie herunterfällt und dabei zerplatzt. Irenes Wangen sind gerötet. Ihre Augen leuchten ebenso hell wie das weiße Baumwollkleid, das sie heute Morgen angezogen hat. Sie sucht im Korb nach einer Pflaume und beißt hinein. Sie schnippt den Kern gegen die Mauer, nimmt eine andere Pflaume und steckt sie ganz in den Mund. Ihre Wange wölbt sich. Sie sieht ihn an und macht eine Handbewegung.

»Nimm dir eine«, sagt sie mit vollem Mund.

Sie schürzt die Lippen und schiebt den Pflaumenkern mit der Zunge hinaus. Sie nimmt ihn und lässt ihn neben sich auf den Boden fallen.

»Bedien dich doch. Magst du die nicht?«

Er greift in den Korb. »Seit gestern Abend esse ich ununterbrochen Obst. Gestern hat mir Claire Pfirsiche angeboten, heute früh zum Frühstück Madame Roby, später dann ihr Mann im Garten. Und jetzt ...«

»Du musst nicht.«

»Doch, doch«, sagt er. »Ich nehme mir welche.«

Er bückt sich und stellt den Korb auf den Tisch. Sie setzt sich auf die Bank, streckt die Beine aus und schlägt sie übereinander. Sie lacht. Im Morgenlicht wirkt ihr Gesicht wie das eines kleinen Mädchens.

»Komm. Steh doch nicht dumm rum. Setz dich neben mich. Oder ist dir das zu kalt?«

»Überhaupt nicht«, sagt er und setzt sich.

»Es ist zwar noch etwas kühl, aber nicht unangenehm.«

Sie beugt sich nach vorne und zieht den Korb zu sich heran, bis an die Tischkante. Sie drückt ihm eine Pflaume in die Hand.

»Wenn du sie nicht willst, kannst du sie mir gleich zurückgeben.«

Sie wirft einen Kern über die Schulter. »Habt ihr die Pfirsiche gestern nach dem Regen noch aufgelesen?«

»Claire hat sie aufgesammelt und nach dem Abendessen angeboten.«

»Ach, du bist mit Bernard erst spät zurückgekommen?«

»Wann? Gestern, meinst du? Ach so, ja. Ziemlich spät.«

Sie lacht. »Offenbar, wenn die Haushälterin dir nichts mehr ausgerichtet hat.«

»Was hätte sie denn ausrichten sollen?«

»Ach nichts. Ich habe ihr gesagt, es sei nicht so wichtig. Ich frage nur, weil, als der Regen vorbei war, habe ich gedacht, du bist vielleicht noch da, und bin vorbeigegangen. Aber da war nur Louise. Sie hat mir gesagt, ihr seid weggefahren, du und Bernard. Wart ihr bei dem Wetter etwa im Wasser?«

»Ja«, sagt Michel. »Der Regen hat uns auf der Straße überrascht, und wir haben dann erst mal im Auto abwarten müssen.«

»Aber danach wart ihr schwimmen?«

»Ja. Das Wetter war doch hinterher richtig schön.«

»Das Wasser war wahrscheinlich warm genug«, sagt sie. »Möchtest du noch eine? Wenn man einmal anfängt, dann hört man so schnell nicht wieder auf.«

Sie beugt sich zu ihm und küsst ihn auf die Wange.

»Aber du wolltest mir etwas mitteilen«, sagt er nach einer kurzen Redepause.

»Mitteilen? Ach so, du meinst gestern Abend? Nein. Ich wollte dich sehen. Ich wäre sogar fast nach dem Abendessen noch mal bei euch aufgekreuzt, weil ich für einen Moment gedacht habe, die Robys … sagen mir vielleicht nicht die ganze Wahrheit.«

»Warum sollten sie?«, fragt Michel.

»Ist auch egal. Du bist jetzt hier. Reden wir nicht mehr davon … Nein, ich wollte dir nichts mitteilen. Ich wollte dich sehen.«

Sie lacht.

»Ich hatte irgendwie Angst.«

»Angst wovor?«

»Natürlich nicht davor, dass du mich verlässt. Du findest das vielleicht lächerlich. Aber ich habe halt auch manchmal diese Einfälle. Das ist so ... wie soll ich sagen? Ich kann schon gar nicht mehr glauben, wie wütend ich gestern früh auf dich gewesen bin. So was geht schneller vorbei, als man denkt. Man sagt alles Mögliche, und hinterher hat man's vergessen. Gestern Morgen hattest du irgendwas gegen mich, nicht wahr?«

»Nein. Wie kommst du darauf?«

»Komm. Ich weiß, dass es stimmt. Ich kann's sogar nachvollziehen. Ich war aber auch ziemlich wütend auf dich. Ich war wütend, aber auch gleichzeitig ganz ruhig. Ich weiß nicht mehr, was ich gesagt habe, aber ... Ich hoffe, du bist mir jetzt nicht böse, wenn ich das sage. Ich dachte plötzlich, dass es wahr ist. Dass du mich nicht mehr liebst, ich dich nicht mehr liebe und dass es besser ist, wenn wir uns ... Na ja. Das Verrückte ist dabei: Ich war gestern fast den ganzen Tag von diesem Gedanken erfüllt, und ich habe mich dabei irgendwie ... glücklich gefühlt. Du findest das jetzt sicher ganz furchtbar. Michel? Sag doch was ...«

»Nein, ist doch in Ordnung. Und weiter?«

»Weiter? Also, wenn du meinst: Den ganzen Vormittag war ich in dieser Verfassung, ohne an etwas anderes denken zu können. Erst um fünf bin ich dann bei euch vorbeigegangen. Louise hat mir gesagt, dass ihr weg seid, du und Bernard. Ich habe plötzlich daran gedacht, dass ihr in diesem Augenblick wahrscheinlich schwimmen seid, und auf einmal kam ich mir ganz furchtbar blöd vor, und jetzt ... Ja.

Was ist jetzt?« Sie lacht. »Auf jeden Fall hoffe ich, du bist mir deswegen nicht böse«, fügt sie hinzu und legt ihre Hand auf seine Schulter.

»Warum sollte ich denn?«, sagt er. »Du …«

»Tu doch nicht so! Warum wohl? Wegen meinen … komischen Einfällen. Aber ich musste dir das einfach sagen. Es kommt mir jetzt schon so weit entfernt vor, dass ich mich nicht schäme. Und trotzdem …«

Sie dreht sich zu ihm. »Bist du mir böse?«

»Warum sollte ich denn?«, sagt er. »Du bist lustig!«

Er stützt sich auf sie, um im Korb nach Früchten zu suchen.

3 Die oberen Äste der Linden reichen fast bis zum Dachfenster. Terrasse, Garagenwand, Geräteschuppen und der halbe Hinterhof werden von den Blättern verdeckt. Frei ist nur die Fläche zwischen der Wasserpumpe auf dem Hof und dem Rasen, wo kleine Tannen und Obstbäume gepflanzt worden sind. Neben der Pumpe sieht man den runden rostigen Gartentisch, auf dem eine Gießkanne stehen geblieben ist, dahinter, halb durch die Äste verdeckt und noch im Schatten der Mauer, den Liegestuhl mit orange-weiß gestreiftem Bezug. Durch den milchig blauen Himmel ziehen kleine, wie Perlmutt schimmernde Wölkchen. Im Hof ist es windstill. Laub ist in den Ecken liegen geblieben. Es ist zehn vor zwölf. Die Schatten sind kurz und auf dem grellweißen Steinboden des Hofs fast schwarz. Der Hof, der eine Verlängerung der Terrasse ist, liegt zwischen der Rückseite des Hauses, der Garage und der Terrasse. Drei Linden werfen nachmittags ihre Schatten auf die Terrasse, sodass es dort angenehm kühl ist. Morgens hingegen liegt sie im prallen Sonnenlicht, es gibt keinen Schatten, außer vorne vor dem Haus oder vor der vorderen Garagenwand. Links vom Haus fällt die Wiese leicht ab, bis sie auf einen relativ breiten Weg stößt. Jenseits der Wiese, zwischen dem Hof und der hinteren Grundstücksmauer, erstreckt sich gelb und vertrocknet der Nutzgarten. Ein

leichter Windstoß wirbelt Staub auf und lässt zwei Blätter hinunterfallen, die eine Weile auf dem Boden hin und her trudeln und dann in einer Ecke liegen bleiben. Louise kommt unter den Lindenästen zum Vorschein. Sie hat einen Besen in der Hand. Sie geht zur Pumpe und spült den Besen aus. Sie schwenkt ihn durch die Luft, um das Wasser auszuschütteln, und legt ihn dann auf den Tisch. Sie nimmt die Gießkanne, verschwindet im Schuppen und kommt ohne sie wieder zurück. Sie greift nach dem Besen, betrachtet prüfend die Enden der Strohhalme und geht zum Haus. Man hört ihre Stimme.

»Hopp, hopp. Weg hier. Husch.«

Ein Hund taucht auf dem Hof auf. Er wirbelt Staub auf und verschwindet um die Ecke.

»Louise!«, ruft jemand.

Aus der Küche sind Geräusche zu hören. Wasser fließt, Kochtöpfe klappern. Ein Windstoß lässt zahlreiche Blätter zu Boden fallen. Der Ausschnitt, den man vom Himmel sieht, ist nun vollkommen wolkenlos.

Claire taucht auf. Sie trägt einen blauen Trägerrock, darunter ein weißes Hemd mit offenem Kragen, das ihre Brüste besonders gut zur Geltung bringt. Sie legt ihr Buch auf den Tisch und zieht den Liegestuhl zur Wand des Geräteschuppens. Sie holt ihr Buch und setzt sich. Sie schlägt das Buch auf. Ein Ast verdeckt ihr Gesicht und ihren Oberkörper. Sie blättert ein paar Seiten um, klappt das Buch zu, legt es auf den Liegestuhl und trägt den Stuhl zur Wiese. Sie setzt sich so, dass nur ihr Kopf im Schatten liegt. Dann rutscht sie noch ein Stück nach hinten, um nur auf den

Beinen Sonne zu haben, klappt das Buch wieder auf und schlägt eine Seite um. Sie legt den Kopf schief, sieht zum Haus hoch, schaut aber gleich wieder ins Buch. Sie hält das Buch mit beiden Händen auf ihren angezogenen Knien und liest. Nach einer Weile rückt sie mit der einen Hand ihr Kleid zurecht. Sie hat die Haare glatt nach vorne gekämmt und in der Mitte gescheitelt. Sie liest, den Kopf nach vorne gebeugt, ihre Haare fallen ihr über die Wangen. Sie richtet sich auf, führt ihre Hand zur Schläfe und schiebt die Haare nach hinten. Sie lehnt sich gegen die Rückenlehne des Liegestuhls und hebt ihr Buch hoch, dann streckt sie die Beine aus und legt sie übereinander.

Wenn sie geht, geht sie immer auf Zehenspitzen, die Taille und den Oberkörper vollständig gerade. Es wirkt fast ein wenig gekünstelt, dabei liegt das an den Proportionen ihres Körpers. Ihre Schulterblätter sitzen sehr hoch, Arme und Oberkörper sind für ihr Alter kräftig, aber seltsam lang gezogen. Sie wirkt so, als seien einige Körperteile schneller gewachsen als andere. Ihre Gelenke sind eher zart, besonders ihre Knöchel. Die Oberschenkel sind schmal, aber weiblich. In dem weißen Badeanzug, den sie vor drei Tagen getragen hatte, sahen ihre Hüften fast breit aus, doch vollständig bekleidet hat ihre Figur die Anmut eines schlaksigen jungen Tieres.

Ihr Trägerkleid ist aus königsblauem, plissiertem Stoff und reicht ihr bis zu den Knien. Sie streckt ihre Beine aus und streicht mit einer heftigen Bewegung über den Rock. Sie führt ihre Hand wieder zum Buch, lässt es jedoch sofort wieder los, greift an der gleichen Stelle in den Stoff und reibt ihn. Schließlich legt sie sich das Buch auf den Bauch und zieht den Rock bis zur Hüfte hoch. Sie betrachtet ihr Bein und kratzt sich mit dem Fingernagel. Sie schiebt den Rock zurück, macht es sich bequem und liest weiter.

Eric Rohmers späte Begegnung mit seinem Jugendwerk

»Warum eine Geschichte filmen, wenn man sie schreiben kann? Warum sie schreiben, wenn man sie filmen wird?«[1] Für keinen Filmemacher hat sich diese Frage so grundsätzlich und als so tief greifendes Problem gestellt wie für Eric Rohmer. Seine Filme zitieren oder verwenden virtuos literarische Erzählformen, gleichwohl sperrt sich der Regisseur noch heute vehement gegen das Attribut, ein ›literarischer Filmemacher‹ zu sein, weil er darin die Eigenständigkeit seiner Filme gefährdet sieht. Spätestens seit der Wiederentdeckung des noch während des Krieges geschriebenen und 1946 bei Gallimard veröffentlichten Frühwerks, dem hier erstmals in Übersetzung vorliegenden Roman *Elisabeth,* hat Rohmers gespanntes Verhältnis zur Literatur eine neue Bedeutung bekommen: Als junger Mann dachte Rohmer keineswegs ans Filmemachen, sondern wollte Schriftsteller werden. »Dass ich die Geschichten, die ich filme, auch ›schreiben‹ könnte, ist sicherlich wahr. Der Beweis ist, dass ich sie tatsächlich geschrieben habe: vor langer Zeit, als ich das Kino noch nicht für mich entdeckt hatte. Aber ich war damit nicht zufrieden. Ich wusste nicht recht, wie ich sie schreiben sollte. Ich habe sie genau deswegen verfilmt.«[2]

Die Abkehr von der Literatur und die Hinwendung zum Film verliefen nicht reibungslos. Trotz wohlwollender Besprechungen des Romans, zum Beispiel von Marcel Arland in der *Nouvelle revue française,* schreibt Rohmer keinen weiteren Roman, tilgt wenig später sogar den Erstling aus seinen Biografien und untersagt jede weitere Auflage. Da der Roman unter dem Pseudonym Gilbert Cordier geschrieben wurde, fällt es nicht einmal auf, dass sein Autor, diesmal unter seinem Taufnamen Maurice Scherer, für verschiedene Filmzeitschriften Kritiken schreibt und wenig später unter dem neuen Pseudonym Eric Rohmer erste Kurzfilme dreht und die Nachfolge von André Bazin als Chefredakteur der *Cahiers du cinéma* antritt. 1959 dreht Eric Rohmer seinen ersten Spielfilm *Im Zeichen des Löwen.* Doch berühmt wird er erst durch die Verfilmung seiner sechs Novellen, den *Moralischen Erzählungen,* wobei er auch hier lange Zeit die Bedeutung der literarischen Vorlagen dieser Filme herunterspielt.

Ein beachtliches Understatement eines umgeschulten Literaten, der stets betont hat, dass seine größten Vorbilder Dostojewski, Balzac und erst dann Filmemacher wie Murnau und Renoir sind. Immer hat er Wert darauf gelegt, die literarische Seite seiner Filme in unvergleichlicher Weise zu perfektionieren. Die in ihrer Leichtigkeit scheinbar improvisierten Texte seiner Filme sind bis auf wenige Ausnahmen Wort für Wort vorgeschrieben, Ergebnis monatelanger harter Arbeit am geschliffenen Dialog.

Als 1999 die Bemühungen beginnen, den Roman ins Deutsche zu übersetzen, ist dieser nicht einmal mehr antiquarisch erhältlich. Das einzige zugängliche Exemplar liegt in der Bibliothèque Nationale. Und selbst im Verlag Gallimard kann sich niemand mehr an Gilbert Cordier alias Eric Rohmer erinnern. Man ist überrascht, dass sich nach fünfzig Jahren jemand für das Buch interessiert. Die Hartnäckigkeit, mit der Rohmer seinen Roman verleugnet hat, verwundert, wenn man das Buch heute liest. Die damalige Modernität des ›objektiven‹ Stils ist noch immer spürbar, die Geschichte ist der Prototyp der späteren leichten Beziehungskomödien, die Rohmer als Filmemacher berühmt gemacht haben. Doch erst anlässlich der Übersetzung von *Elisabeth* hat Rohmer sein Schweigen gebrochen und in einem längeren Interview sein schwieriges Verhältnis zur Literatur, seine Aversion gegen das Jugendwerk, zu erklären versucht. Der folgende längere Ausschnitt des Interviews mit Eric Rohmer gibt wohl am besten Aufschluss darüber, wie sehr der Roman den Schlüssel für das spätere Werk des filmenden Literaten Rohmer darstellt.

»Als ich jung war, dachte ich nicht ans Filmemachen. Ich habe mich damals nicht einmal sonderlich fürs Kino interessiert. Ich wollte Schriftsteller werden, nicht Filmemacher. Ich habe den Roman *Elisabeth* schon sehr früh geschrieben, 1944. Der Krieg war noch nicht vorbei. Ich habe ihn in meinem Hotelzimmer geschrieben, als Paris befreit wurde. Auf der Straße wurde geschossen, und ich saß in meinem Zimmer und schrieb diese Geschichte, die absolut nichts mit dem Krieg zu tun hat. Ich habe mich in dieser Situation gefragt: Was kann man jetzt schreiben? Kann man über das schreiben, was gerade passiert? Und meine Antwort war: Nein. Das ist unmöglich, es fehlt der nötige Abstand. Ich habe stattdessen Dinge geschrieben, die sich auf vor dem Krieg Zurückliegendes bezogen. Ich habe das immer so gemacht. Ich wollte niemals über mich selbst schreiben. Ich wäre auch nicht in der Lage, ein Tagebuch zu führen. Ich habe nie über meine eigene Gegenwart schreiben wollen, genauer gesagt über Dinge, die mir persönlich zu nahe waren, bin gleichzeitig aber der Darstellung der Gesellschaft, die mich umgab, immer treu geblieben.

Zugegeben: Der Roman verarbeitet eindeutig, was ich selbst erlebt habe. Auf dem Land, wo ich groß geworden bin, hatten wir zwar nur einen winzigen Garten, und ich kannte mich auch nicht wirklich mit Gärten aus. Aber ich habe extrapoliert. Das ist eben Schreiben. Von nichts ausgehen. Und wenn ich da von Paris rede, meine ich natürlich Paris. Aber diese Kleinstadt Percy auf dem Land vor den Toren von Paris, die gibt es nicht. Die Marne, die ich damals gar nicht kannte, ähnelt nicht dem Fluss, den ich beschreibe. Es stimmt zwar, dass man darin baden kann, aber das hat mich nicht inspiriert. Dort, wo ich groß geworden bin, gab es einen kleinen Fluss, in dem man baden konnte, in dem ich als Kind auch immer schwimmen war. Die Geschichte des jungen Mädchens, das Bernard trifft und sich mit ihm während des Regens unter einem Baum unterstellt, ist in ähnlicher Weise mehr oder weniger authentisch. Ich hatte auch eine Freundin, mit der ich, glaube ich, eine Beziehung hatte, die der von Michel und Irene ähnelte. Die beschriebene Topographie stammt auch daher.

Ich frage mich übrigens, warum ich den Roman *Elisabeth* genannt habe. Ich glaube, es war, weil ich einfach keinen besseren Titel gefunden habe. Ich habe den Namen einer der Hauptfiguren genommen, wie später bei *Pauline am Strand*. Wenn man den Namen einer Figur nimmt, wirkt es so, als sei die ganze Geschichte aus ihrer Perspektive erzählt. In *Pauline am Strand* ist es ein junges Mädchen, im Roman eine nicht mehr ganz junge Frau. Ich wollte die Geschichte damals auf Distanz zu mir selbst bringen. Ich weiß nicht, warum, denn ich wollte andererseits auch ›Bekenntnisse‹ schreiben, also einen sehr persönlichen Roman. Und ich nahm trotzdem – in gewisser Hinsicht ohne mir das einzugestehen – die Perspektive der Figur an, die am weitesten von mir weg war. Obwohl ich den Figuren Michel und Bernard im Roman damals sogar recht nahe stand. Mit *Elisabeth* hatte ich effektiv nichts gemeinsam. Das war vermutlich der dringende Wunsch nach Objektivität. Diese behavioristische Sauce des amerikanischen Romans.

Ich habe es einfach nicht zustande gebracht, einen zweiten Roman zu schreiben. Ich habe dann Erzählungen geschrieben, in einem völlig anderen Stil. Das war ungefähr zu der Zeit, als mein Roman erschien. Ich las Novellen von Melville. Eine Art literarischer Rückblende, wenn man so will. Nicht mehr Faulkner und Hemingway, sondern Melville. Ich wollte im Stil des 19. Jahrhunderts schreiben. Diese Erzählungen waren sehr kurz. Und worum ging es darin? Eine hieß wie der spätere Film, *Claires Knie*, eine andere *Meine Nacht mit Maud*. Eine dritte Geschichte handelte von *Die Sammlerin*. Ich habe die Novellen meinem Verleger vorgestellt. Der meinte nur, »wir veröffentlichen keine Erzählungen. Die sind auch nicht so modern wie Romane. Schreiben Sie noch einen Roman, aber das hier drucken wir nicht.« Ich habe nicht darauf bestanden, bin jedoch auch zu keinem anderen Verleger gegangen.

Zehn Jahre später, als ich darüber nachdachte, Filme zu drehen, habe ich mir überlegt, ob ich die Erzählungen nicht verfilmen könnte, habe das aber verworfen, weil ich dachte, die wären nicht verfilmbar. Ich habe dann immerhin einen Film gedreht, *Im Zeichen des Löwen*. Danach passierte wieder das Gleiche: Ich hatte keine Idee für einen zweiten Film. Ich habe einen Roman geschrieben, prompt fällt mir nichts mehr für einen weiteren ein, ich habe einen Film gedreht, genau das gleiche Spiel. Ich habe überlegt: Vielleicht könnte ich ja meinen eigenen Roman verfilmen? Ich habe es versucht. Aber ich bekam das nicht hin. Ich glaube, mit dem heutigen Abstand und der Erfahrung der Filme, die ich gemacht habe, könnte ich es. Das kommt mir jedoch nicht sehr interessant vor. Das würde meinen Filmen nichts Neues hinzufügen.

Irgendwann habe ich mir damals gedacht ›Unter meinen Freunden aus der *Nouvelle Vague* bin ich wohl der Einzige, der sich eigene Geschichten ausdenken kann.‹ Ich habe festgestellt, dass die Leute um mich herum keine persönlichen Filme machten, sondern Adaptionen. Truffaut drehte einen Krimi *Schießen Sie nicht auf den Pianisten,* Godard hatte für *Eine Frau ist eine Frau* ein fremdes Drehbuch genommen, Rivette beschäftigte sich nach *Paris gehört uns* mit Diderots *Die Nonne*, und Chabrol verfilmte Kriminalromane. Ich habe mir gesagt: ›Du kannst Geschichten schreiben, vielleicht kannst du ja doch Filme daraus machen.‹ Und so ist das dann zustande gekommen mit den *Moralischen Erzählungen.* Was ursprünglich ins literarische Koma geführt hatte, wurde Film und hat mich dort nachhaltig inspiriert. Plötzlich hatte ich kein Problem mehr mit neuen Filmideen.

Und als ich als Filmemacher Fuß gefasst hatte, hatte ich auch absolut keine Lust mehr zu schreiben, zumindest keinen Roman mehr. Es war, als hätte ich mit dem Roman *Elisabeth* alle meine Möglichkeiten zu beschreiben ausgeschöpft, als würde ich in meiner persönlichen Entwicklung die Entwicklung der Geburt des Films, den Übergang von Roman zu Film nachvollziehen. Ich dachte, dass Literatur zwar gut beschreiben kann, aber die Zeit dafür einfach vorbei sei, und ich fand, man müsste nun Filme drehen. Alexandre Astruc schrieb damals einen Artikel, *La caméra-stylo,* der Kamerastift. Er behauptete dort, dass das Schreibgerät verschwinden würde, wie überhaupt das Schreiben. Man würde dann direkt mit der Kamera schreiben. In gewisser Hinsicht habe ich das umgesetzt. Ich habe das Schreiben aufgegeben wie später einige Maler das Malen auf Leinwänden. Statt weiter zu schreiben, habe ich Orte gesucht und habe sie gefilmt.«[3]

Der vorliegende Roman *Elisabeth* tritt jedoch den Beweis an, wie virtuos Rohmer den Stift zu führen wusste, bevor er sich gegen ihn entschied. Wer Rohmers filmischen Erzählstil schätzt, wird diesen Roman lieben, dessen Nähe zu Rohmers Filmen der Sechzigerjahre unübersehbar ist. Nicht nur spielt im Roman *Claires Knie* eine wichtige Rolle. Auch die Innenansichten des Zweiflers und Zögerers Michel, der mit seiner Beziehung zur starken und älteren Irene hadert, ist eine jener Charakterzeichnungen in früher Vollendung, die in verschiedenen Schattierungen Rohmers Filme berühmt gemacht haben. »Von der einen Idee ausgehend, dass ein Mann genau in dem Augenblick, als er mit einer Frau eine dauerhafte Verbindung eingehen will, von einer anderen Frau völlig durcheinander gebracht wird, habe ich meine Situationen, meine Intrigen, meine Auflösungen, sogar meine Charaktere aufbauen können.«[4] Dieses Bauprinzip der *Moralischen Erzählungen* gilt auch schon für *Elisabeth*.

Die scheinbar mit leichter Hand virtuos hingeworfenen doppelbödigen Dialoge des Romans, die minutiös beschreibenden Passagen von Autofahrten, zufälligen Begegnungen im Sommerregen, Fahrradunfällen und einsamen Spaziergängen in der Mittagshitze sind der Zeit entsprechend nüchtern, ›filmisch‹ im Sinne des von der amerikanischen Literatur beeinflussten Neorealismus und lassen vor dem Auge des Lesers mit enormer Bildhaftigkeit das Alltagsleben des letzten Sommers vor dem Krieg entstehen. Die erzählerische Struktur mag noch stellenweise ungestüm sein, aber das psychologische Vexierspiel der mit sommerlicher Leichtigkeit skizzierten ersten großen rohmerischen Liebesgeschichte und ihrer komödiantischen Komplikationen lässt ganz die Beobachtungsgabe zwischenmenschlicher Untiefen erkennen, aus der sich Rohmers subtiler Humor speist, der in seinen Filmen spürbar ist. Ein früher Beweis des Rohmer'schen Credos: »Ich liebe es, auf der Leinwand denkende Wesen zu zeigen, die über eine Psyche im griechischen Wortsinn verfügen. Ich glaube, dass ein Kino, das auf Verwicklungen und auf Charakteren aufbaut, immer noch modern ist, wenn nicht sogar moderner als ein apsychologisches und entdramatisiertes Kino.«[5]

Marcus Seibert

---

[1] Eric Rohmer im Vorwort zu *Meine Nacht bei Maud. Sechs moralische Erzählungen,* Frankfurt am Main 1987 (Franz. Orig. 1974), S. 11

[2] *Brief an einen Kritiker (bezüglich der* Contes moraux), in: Eric Rohmer *Der Geschmack des Schönen,* hrsg. und übers. von Marcus Seibert, Verlag der Autoren, Frankfurt am Main 2000, S. 151

[3] Das Interview führte Marcus Seibert am 23.3.2004 in Paris in Rohmers Büro der *films du losange.* Veröffentlicht in Auszügen in der Filmzeitschrift *Revolver 11,* Verlag der Autoren, Frankfurt am Main 2004

[4] *Brief an einen Kritiker (bezüglich der* Contes moraux), in: Eric Rohmer *Der Geschmack des Schönen,* hrsg. und übers. von Marcus Seibert, Verlag der Autoren, Frankfurt am Main 2000, S. 152

[5] *Meine Zeit als Kritiker,* Interview mit Jean Narboni, in: Eric Rohmer *Der Geschmack des Schönen,* hrsg. und übers. von Marcus Seibert, Verlag der Autoren Frankfurt am Main 2000, S. 42